科伦·麦凯恩作品系列

Colum McCann

THIRTEEN WAYS OF LOOKING

十三种观看方式

〔爱尔兰〕科伦·麦凯恩——著
马爱农——译

人民文学出版社
PEOPLE'S LITERATURE PUBLISHING HOUSE

著作权合同登记号　图字 01-2020-2881

Thirteen Ways of Looking
by Colum McCann

图书在版编目(CIP)数据

十三种观看方式/（爱尔兰）科伦·麦凯恩著;马爱农译.
—北京:人民文学出版社,2021
（科伦·麦凯恩作品系列）
ISBN 978-7-02-016576-6

Ⅰ.①十…　Ⅱ.①科… ②马…　Ⅲ.①短篇小说-小说集-爱尔兰-现代　Ⅳ.①I562.45

中国版本图书馆 CIP 数据核字(2020)第 162799 号

责任编辑　**甘　慧　潘爱娟　邰莉莉**
封面设计　**钱　珺**

出版发行　**人民文学出版社**
社　　址　**北京市朝内大街 166 号**
邮政编码　**100705**
网　　址　**http://www.rw-cn.com**

印　　刷　**山东新华印务有限公司**
经　　销　**全国新华书店等**

开　　本　**890 毫米×1240 毫米　1/32**
印　　张　**6.75**
字　　数　**102 千字**
版　　次　**2021 年 3 月北京第 1 版**
印　　次　**2021 年 3 月第 1 次印刷**

书　　号　**978-7-02-016576-6**
定　　价　**50.00 元**

如有印装质量问题,请与本社图书销售中心调换。电话:010－65233595

致莉萨、杰姬、迈克和卡伦。

致所有致力于维护“Narrative 4”运营的人

纪念我的父亲西恩·麦凯恩

目 录

十三种观看方式

一

在三十座雪山间，
唯一活动的东西
是那只黑鹂的眼睛。

第一面镜子藏在红木书架的高处，映照整个房间。他躺在房间里一张大号双人床上的一堆枕头间。

床头板有精致的雕刻。床架是雪橇的形状。阿米什图案的羽绒被。左边床头柜上放着一个古瓮，右边放着一摞书。一台古雅的灯钟，砝码和滑轮都暴露在外，挂在墙上，近旁是一面镀银的长镜子，因年代久远而斑驳、发暗。镜子下面，塞在角落里、几乎藏得看不见的，是一个小氧气罐。

扶手椅里放着六七个枕头，离床有一点距离。一把皮质扶手的橡木椅子里，堆着几个靠垫。

写字台在门边，一大摞纸码放得整整齐齐，一把银质开信刀，一个密封压纹机，一台打开的笔记本电脑。写字台上有个烟斗，但没有烟草盒，也没有火柴或烟灰缸。

艺术品都很现代：三幅城市风光画，锐利的线条和色块，浴室门边的墙上挂着一幅小的抽象海景图。

在这一切中间，他躺在床上形同朽木，被毯子勾勒出轮廓，脑袋看上去一团模糊。

二

我有三个思想，
就像一棵树上
栖息着三只黑鹂。

我诞生于我的第一次辩论中。他应该起身，找个本子，把这句话记下来，但房间里很冷，暖气还没有开，因此他不愿意动弹。但至少被子盖得严实，很暖和。也许莎莉进来给他掖过被子，此时他似乎想起有一次，或好几次，或——说得更直白些——长途跋涉去卫生间。我诞生于我最后一次史诗般的旅程中。在头顶上，吊扇在旋转。杂务工让它反向旋转。可是，为什么反向旋转的电扇能产生热量呢？大概跟上升气流和电流方向有关吧。只要我们能捕捉气流，反向旋转。我诞生于我的第一次陪审团辩论中。到这把年纪来重新考虑回忆录，真是奇怪，但还有什么别的可做呢？原来那本书销路不佳令人意外，上世纪八十年代，版式很漂亮，包装很漂亮，编辑做得也很漂亮。一切都很漂亮。即使从谦虚的角度来说，他也以为这里那里总能卖出几本，没想到，过了三个月，书还积压在库存表上。我诞生于我的第一次公开的失败中。可是，那到底是什么时候呢？我诞生于我第一次与艾琳做爱时。我诞生于我触摸我的新生儿艾略特的小手时。我诞生于我坐在一架寇蒂斯SOC-3驾驶舱里的时候。哦，真是胡扯。彻头彻尾的胡扯。诚实地说，他诞生于他的第一个案子中，当时他站在布鲁克林法院里，一个新鲜出炉的助理地方检察官，他的遣词造句完全跟他梦想的一样，它们飞入空中，他可以感觉到它们纷纷飞起的样子，以及它们对那些全是男性的陪审团成员的表情产生了什么影响，以及它们对那位富有同情心的、脸上几乎闪动着骄傲的法官产生了什么影响。论点十分确凿，门德尔松先生。他当时就知道他再也不会离开。他注定就是为法律而生。距现在有多少亿年了？他应该把它写下来。但是年纪大了就有这个麻烦，是不是？你有感觉，但忘记了日子。找到了日期，却又丢失了感觉。

一支铅笔和几张纸，莎莉，我亲爱的，这个要求不过分吧？我诞生于我的第一次失忆中。为什么，哦，为什么床头柜上总是没有纸？也许我应该用录音机？数字科技的又一个小奇迹。好像我的黑莓手机里就有——毕竟那里面什么都有。最近他喜欢把手机塞在睡衣口袋里，让它在里面待一整夜，小红灯一亮一灭。奇妙的机器，在他打盹和打呼时送来所有胜利和恐怖的最新消息。政变，战争，革命，叛乱，以及其他各种各样的伤心事，都密谋着想从他舒适的床上逃离。

真有意思。他们把睡衣的口袋设计在左侧心脏的位置。也许是医疗的考虑？一个小夹层，供医生摸索。心脏病突发时有地方放支架、软管、药片。是老年人的装备。他应该问问他的老朋友马里奥医生。为什么把口袋放在心脏的位置上，吉姆？也许只是为了时髦。话又说回来，到底是谁发明了睡衣口袋呢？做什么用呢？为了有地方藏一点面包、饼干、吐司，以防夜里肚子饿？很久以前放情书的地方？一个挑战自我的唱片套，藏在隐秘的地方，等待着？

哦，思想漫无边际，在密谋着逃离：冲出结霜的窗户，远走高飞。还有，究竟是谁，发明了枕头凉爽的一面？

他在被子里动了动脚趾，把它们慢慢地互相搓搓，让暖意爬上他的全身。他永远搞不懂纽约的供热系统。所有这些地下蒸汽管、油罐汽车和关于锅炉的董事会议，以及获诺贝尔奖的工程师、自以为是的建筑家、全球供暖专家，一个名副其实的智囊团，个个都是天才，然而你每天早晨得到的仍是可怕的咔哒、咔哒、咔哒。地下室的但丁，试着让管道启动。上帝啊，你还以为已经二十一世纪，他们能解决该死的供暖之谜了呢，原谅我的法语，我的波兰语，我的立陶宛语，但他们不能，他们不会，永远不会，永远不可能会。早晨五点他们才肯打开锅炉，除非外面是东西伯利亚。大楼主管是一位国际象棋大师，来自萨拉热窝，曾经跟斯帕斯基对弈，吹嘘自己的脑容量，说自己是门萨会员，难道就连他，也不能让该死的暖气开动起来？

他抓起黑莓手机，开机。还有二十分钟暖气管才会正常工作。他真想打破规矩，提早查看新闻和电子邮件，但还是把黑莓放回了睡衣口袋。我诞生于我的第一次陪审团辩护，我以轻快的脚步出门步入法院街。不完全属实。他的脚步几乎从未轻快过，即使是在那些日子。总是有点拖泥带水。不像乔·狄马乔、杰西·欧文斯或威尔特·张伯伦或诸如此类的其他人。不过语言倒是轻快自如，妙语连珠，抑扬顿挫。有时他整夜坐在红木桌边，推敲语句。更年轻一些的时候，他想当一名作家。诗的灵感如泉水一般。我诞生于我的第一次矛盾中。伟大的辩论跟内容毫无关系。风格决定一切。合适的时间说合适的话。所有的傻瓜都知道，漂亮的语言可以让任何愚蠢都焕发光彩。在法庭上，他会研究陪审团成员的脸，看他可以用怎样华丽的词藻让他们动容。演说家的风度和蛇的形态，一位同行曾经这么说，抑或是演说家的形态和蛇的风度？总之是一句恭维。虽然蛇呲呲在地上爬。

艾琳喜欢读他的判决书，特别是近些年，在他晋升到国王郡最高法院之后，总有这家或那家报纸要来采访他。《村声》《纽约时报》，还有那家新阿姆斯特丹的小报，叫什么来着？不是《布鲁克林鹰报》，那家很久以前就完蛋了。有一次他们还把他漫画成一只螳螂。他不喜欢他们给他画的那张脸，松弛的面颊，眼镜架在鼻子上，当他大口咀嚼其他螳螂时，圆滚滚的小肚腩在晃动。傻瓜。他们画错了。只有雌性吃掉雄性，在一场爱的较量之后。总之，这不能算是褒奖。

他们为什么总是把法官描绘成一座座魁梧的肉山呢？他一向都瘦骨嶙峋。一根竹竿。一个稻草人。肉铺老板刀上的脂肪都比你的多，艾琳说。可是漫画家甚至法庭画家都坚持把他画得有点赘肉，有点大腹便便。这给艾琳增加了无尽的烦恼。她甚至开始削减卡路里，最后他侧面照镜子时几乎看不见自己了。他曾认为，人到老年的最大恩典就是可以放弃虚荣，然而最近似乎更加虚荣了：松弛的皮肤，皱纹，因看到自己的模样而惊讶的眼睛。那天他在镜子里瞥了一眼自己，该死的，我的脸怎么跟我的祖父一个模样？岁月不是大驾光临，而是偷偷闯入，从门缝吹进来，留下一片狼藉，空空的皮囊，破损的血管，深陷的眼窝，疼痛的牙龈，可是他能向谁抱怨呢，他曾有那么多年习惯这一切，他本来就称不上一个英俊男子，不管怎样他得到了那个姑娘，他征服了她，赢取了她的芳心，并且把她拿下，是的，我诞生于我第一次伟大的真爱中。

他让一条胳膊落在床的另一侧。怀旧。这是一个好词。葡萄牙语。靠近一点，艾琳。偎依在我身边。没有比这更真的词了。怀念那已然缺席的。

她总是说，他早年在布鲁克林的出庭表现充满耐心、机智和诡诈。还能引经据典——她是乔伊斯的粉丝。沉默和流亡。在家里，她每天早晨给他熨衬衫，浆领子，他每赢得一个案子，她就在蒙塔古街给他买一本诗集和一条新领带。它们连起来，可以从这里通到亚洲血汗工厂：说的是领带，不是诗歌。艾琳肯定让古驰工厂的姑娘都忙个不停，他挂在衣橱里的那么多领带，摆放得整整齐齐，细致地编了号，一层摞一层。她的黑头发，她俊俏的小鼻子，她面颊边缘的那一颗痣。她曾经可爱，永远可爱，就像那首歌里的姑娘。曾经可爱，永远可爱，月光映照她的秀发。有时候他仍然喷一点香水在她的枕头里，就为了吸那气味，假装她还在。不用说，有点感情用事，可是没有感情，人生还有什么意义？面对事实吧，他最后一次放纵那老派的肉欲是什么时候？

查查黑莓吧，它准知道。毕竟，它似乎什么都知道：任性的儿子，伤心的女儿，墨西哥湾的又一次漏油事件。

他能听见莎莉的声音，已经在厨房里忙活了。勺子的碰撞。托盘的滑动。茶杯的轻触。果汁杯的叮叮声。榨汁机从碗橱里被拽出来。冰箱橡胶管的轻轻叹息。底部抽屉的吱嘎声。

胡萝卜拿出来了，还有草莓、菠萝、橘子，然后是冰块响成一片。果汁。莎莉说他应该叫它奶昔，但是他不喜欢这个词，这么简单的东西，何来的“奶”和“昔”。那天他在公园里蹭蹭腿脚——没有别的词，现在每天都蹭蹭腿脚——他看见水库附近的公园长凳边有个年轻姑娘，屁股那里绣着个张牙舞爪的粉红色字样——“丰美多汁”，他即便这么大岁数，也不得不承认，这个词离事实不远。带着对艾琳的歉意，当然啦，还有莎莉，还有瑞秋，还有丽娃，还有戴妮丝，还有玛丽贝丝，无疑还有爱娃，还有奥普拉，还有布丽奇特，甚至还有波伏瓦——有何不可，以及世界上的所有其他女人，对不起了诸位，但是真的非常丰美多汁，它跳动的样子，上面黝黑皮肤的小分界线，下方弹性十足，很久以前，曾经有一个时候，他准能因此写出一两句东西来，哦，别跟我说奶昔。他名声清白，只是开个毫无恶意的玩笑。他从未出轨，不过他必须承认自己有点花心。对不起，艾琳，我花心，我花心，我花心。法院里比较保守的同事朝他投来恶意的目光。一群干枯皱缩的老古板，或假正经，或两者兼而有之——真奇怪，除了政党政治，他们是怎么被选上的？他们是怎么想的，难道一个人必须把自己的生活藏在法官的裹尸布里？难道他必须把游离的脑袋缩回壳里？难道他能发出的声音只是敲木槌？不，不，不，这关系到剥去生活的外壳。提取液体。忘掉果肉。榨出汁水。犹太人的果汁。奶昔。

哦，脑子开小差了。对不起，艾琳。我曾经很有激情，就是这个词。甚至可以说有点轻浮。仅此而已。从来没骚扰过任何人。然而他把这一点遗传给了小艾略特。真可惜。现在看看那可怜的孩子。好了，别想了。不能用这种方式开始新的一天，想起那个不走正道的儿子，他四下乱转的眼睛，他的双手、耳朵、喉咙和钱包。

他听见微弱的嘀嗒声开始传来。快，暖气，快来。顺着管子爬上来。

为什么纽约从未诞生某个能一举解决供暖问题的天才男孩呢？这么多孩子出生在这个喧闹的大都市，你以为其中至少有一个会对当啷的管子声和嗞嗞的蒸汽声感到恼火，以为他们肯定会解决这种日常的困境？然而，没有，没有，没有。他们只知道去华尔街、百老汇、帕洛阿尔托和罗斯阿拉莫斯和别的什么地方赚上几百万钞票，每天仍然回到为山洞人设计的公寓。

这凄凉的公寓究竟有什么价值？二十七年前值五十万。卖掉柳树街的那座褐砂石房屋，长途跋涉来到上东区。一切都是为了让艾琳高兴。她喜欢在大草坪边漫步，在水库旁消磨时光，喜欢步行去格林伯格面包店。她甚至在门口放了个犹太教的门柱圣卷。除了保护别的，还可以保护投资。据说现在值二百万美元，也许二百二十万、二百四十万，但是早晨五点之前得不到暖气？我们可以让一个黑人进入白宫，但仍然得不到温暖舒适？我们可以发射火箭去火星，却不得不冻掉东八十六街一个好男人的睾丸？我们可以把我们的黑莓放在睡衣胸前的口袋里，却不能安安静静地把蒸汽从墙里送上来？

哦，不过现在来了，现在来了。今天的第一声嘀嗒。似乎下面有个人把管子拧开了。第二声嘀嗒。第三声。然后轰的一响。乒乒乓乓，砰砰啪啪。好家伙，但丁。真是一部神曲。放弃所有希望。暖气管里的爵士乐。但愿。把我唤醒吧，塞隆尼斯·蒙克①。过来在我的蒸汽管里待一会儿。趁机去看看地下室。

——莎莉！

他可以听见榨汁机在碾碎冰块，刀片被绊住，以及碰撞玻璃容器的声音。

——莎莉！

榨汁机逐渐慢下来，声音降低，归于平静。

——莎莉，我起床了！

显然，他并没有起床。没有从任何一边下床。他们在床的一侧装了根白色挂杆，还有另外几件帮助他早晨起床的小玩意。有一个阶段，艾略特甚至想在屋里装个吊车。就好像他是某种巨大的船运集装箱。你需要一台吊车，爸爸。一台吊车，去死吧，臭小子。吊车需要起重机，不光是起床机的事。②显然，艾琳对这个段子是不会动心的：她喜欢的是完全不同类型的诗歌，从来不欣赏他那些廉价的打油诗。她是那个爱尔兰诗人希尼的粉丝，还对另一个头发蓬乱、名叫穆尔杜的人情有独钟。她一有机会就去参加他们的读书会。追逐那些喧闹的吟游诗人，这总是令他不禁莞尔。他自己有一次在华尔道夫酒店吃饭，见到了这两位诗人：他们应该把那些嚼不动的鸡肉和走不稳路的侍者写成一首打油诗。他走过去，排在队伍里，掏出自己的高档自来水笔，让两位诗人在一块布餐巾上签名，然后藏

① 塞隆尼斯·蒙克（1917—1982），美国爵士乐作曲家、钢琴家。博普爵士乐创始人之一，大大促进了冷爵士乐的发展。

② 原文是 A hoist needs hoisters and not just for the oysters。三个近音词使这句话有谐趣效果。

起来偷走——他担心自己会被抓个现行，成为一个被审判的法官——他把餐巾带回家送给艾琳，艾琳把它攥紧，贴在自己的睡衣上，然后给了他一个值得回味的晚安吻：我会梦见你的。

可是。今天。早晨的。声音。真他妈。讨厌。不过，谢天谢地，终于听见了蒸汽刺耳的咝咝声。他感觉到蒸汽已经开始在房间里弥漫。早上好，塞隆尼斯。该起床了。容光焕发。让上帝成为你的荣耀。很久以前卡佳经常给他唱这首歌。还有她那些陀螺打油诗。

他抓住横杆，把双膝摆过来，在被子里微微往上移动，该死的，都见鬼去吧。他现在感觉到了，在他的睡裤下面。她给他垫了尿片。没错，尿片。简单明了，换一个词就是，纸尿裤。见鬼，她为什么要这么做？该死的纸尿裤。她究竟是什么时候把它套上来的？他怎么可能忘记呢？他能记得五千万年前法院街的车流声，他能记得华尔道夫酒店的希尼，还有穆尔杜，他能记得自己一生下来就是年轻律师，哎呀，说什么呢，记得蒙塔古街的领带店，记得卡佳和她的儿歌，他能记得登上那架 SOC-3，却偏偏想不起莎莉就在今天早晨给他塞了片纸尿裤？

脑子里的黑狗。

——莎莉！

她个子倒是挺高，但腿脚却没那么快。不是个风风火火的姑娘：莎莉，并不麻利。

——来了，乔先生。

是啊，迟迟不来，光明节也是。二十二世纪也是。还有这个可视世界的末日也是。快点来帮帮我，女人。该死的纸尿裤。见鬼，你为什么要把这愚蠢的劳什子弄到我身上？我做了什么，得到这种报应？什么罪过？什么酷刑？纸尿裤！八十二年前我可能需要，没错，莎莉，我亲爱的，请原谅我的波兰语，我的立陶宛语，我的半生不熟的意第绪语，可是看在他妈的分上，女人，我现在不需要纸尿裤。

他下床下到一半，几乎是悬在半空，这时他听见一声轻轻的喘息和一声若有似无的叹气，接着走廊里响起脚步声。走得很拖沓。莎莉停住脚，也许是想喘口气，他用片刻时间判断她是向他走来还是离他而去。自鸣钟。水沸腾。缓缓而行。

时间的残酷。需要时永远不够，不需要时总是太多。

——莎莉！！！

又一声叹气，一声可以听见的“嗯嗯”，又走了四步，然后转动了镀金门把手。

——来了我，乔先生。

她来了，她来了，多巴哥一点也不讲语法规则吗？他们把语言搞混、搞乱、搞得面目全非。没有《芝加哥格式手册》①。没有《文体要素》。莎莉永远也不会看得懂《纽约客》，这是肯定的，也看不懂《时代周刊》，甚至《每日新闻》。她也许倒能勉强在《华盛顿邮报》得到一个职位，但仅此而已，这也算是交了狗屎运。

不过她的音调倒有几分动听。她说话时声音里有清脆的硬币。嗓子里有一个铃鼓。她一大清早就吞了一只鸟，莎

---

① 一本适用于美国英语的格式指南，也简写为 CMS。

莉·詹姆斯。她像一阵风飘进来，清凉得像树梢，高挑得像一棵红杉树，结实得像一棵橡树。她高高地立在他床前。她那对摇晃的耳环。她的头发以各种奇异的角度支棱出来。她的半辈子都花在这个发型上。卷发夹，烙铁，梳子，各种各样的装备。早些日子，他凌晨四点就听见她起来了，就为了做好准备，卷头发，吹头发，固定头发，编辫子。

她身上有股特别的气味，很好闻，像家具亮光剂，亲爱的莎莉，来自多巴哥，也许是特立尼达？它们之间有什么区别呢？而且，说句实话，又有谁在意呢？管她来自北方还是南方，上面还是下面，东边还是西边，眼下简单的事实是他穿着一个纸尿裤，必须立刻拿掉，现在、马上、悄悄地，拿掉。

这件事到底是怎么发生的呢，莎莉？你是什么时候偷偷靠近我的？

想象一下吧，我的睡裤褪到我的脚脖子上，那个口袋仍然在我胸口，黑莓的钟，嘀嗒—嘀嗒，不知道她当时，或现在，对我的装备是怎么想的？我不是个具有消防软管潜力①的男人。现在她已经看过它了，舒展的，皱缩的，多少次了。海马状的。兜帽状的。但愿世人不会窃笑。

——莎莉？

——什么事，乔先生？

——我真的需要冬季装备吗？

这已经成为他的小措词：冬季装备。想到要称之为纸尿

① 作者在这里指主人公自嘲尿量不足以多到使用纸尿裤。

裤，他感到屈辱，而尿失禁护理垫又太长了，嘴里装不下，手里捧不下，桶里盛不下。英国人管它叫什么？英国人真是很有语言天赋，从爱尔兰人那里学会怎样使用语言，至少艾琳总是这么说。但即使伟大的语言学大师对此也一筹莫展。据说称之为尿布。什么样的鬼才，竟然想出了这个，真是岂有此理！什么博学的牛津大脑？毫无疑问是来自餐巾①。叠起来。塞进去。

——莎莉，我不喜欢它。

——这样不会影响你睡觉，乔先生。

——我说，这肯定影响了我起床。

她把头往后一仰，露出满嘴的黑色补牙填充料，但这不是什么好笑的事情，莎莉，根本没什么好笑。我躺在这里。我安卧于此。她朝我弯下腰，她刺鼻的香水，她叮叮晃的头发，她掀开羽绒被，闪电般迅速抽掉床单。哦，在这黑暗的人间，还有什么比这更糟糕吗？他在床上左右移动，他立刻感觉到了。把我关起来吧，阁下。把钥匙扔掉。哦，天哪，你在身上撒尿拉屎了，门德尔松。谁拥有这具身体，这副龌龊难闻的小皮囊，这座荒诞愚蠢的大厦？谁允许我们上演这出肮脏的喜剧？这绝非神的恩赐。我竟然睡在这垃圾里，我怎么做到的？我古老的嘘嘘神器。可真是诗歌灵感的源泉。

她扶稳他，伸手去拿他的齐默式助行架——这该死的齐默是何许人？他靠过去，说剩下的他自己能行，除去冬季装

① 此处指小说人物认为前文“尿布”(nappy) 的词源和“餐巾”(napkin) 有关联。

备，一路滑雪到山底。

然后他说："拜托。"

哦，把这具身体砸得粉碎吧，莎莉，砸成无数个小碎片，然后我就能带着仍然运转的头脑和心脏悠然闲逛，丢下这具无用的臭皮囊。永别了，小肠，结肠，睡衣口袋，迷失的前列腺，所有摇摇欲坠的零部件。让门德尔松的头脑漫步吧。让心脏徜徉吧。抛下这个糟老头吧。我一向都很遵守自然法则。这是一个赤裸的孩子在对抗一头饿狼。我诞生于我第一次换尿布中。说实话，这甚至不是我的第一次。

他又凑向莎莉，能感觉到她粗壮有力的胳膊，她的手扶住他柔软的后背，谁想得到呢，他生命中最后一位女人竟然有莎莉这样肥硕浑圆的乳房？柔软，芬香。浑圆，丰美。饱满，暄软。哦，你是个好女人，莎莉·詹姆斯，来自多巴哥，或特立尼达，或牙买加平原，或管他什么地方，我给你多少报酬来着？我要核实一下，百分之一百、百分之二百地核实，必须在遗嘱里给她留点东西，她是个大好人，心肠不坏，虽然语法一塌糊涂，其实我自己有时也不怎么样，I is，I am，I was，I will be，可是，哦，她把我悬在半空，现在都用上科学了，把我吊起来，送到山顶，使我复活，把石头推开，他能感觉到他的身体吱吱嘎嘎地往前，勇往直前，然后他半瘫倒在齐默式助行架上，如释重负地出了一口长气，却能感觉到冬季装备里的内容正往下出溜。

——站稳了，乔先生。

——按时送我去教堂。

——嗯？

——卫生间，莎莉。去卫生间。

——好的，先生。

张大你的鼻孔，门德尔松。现在匆匆赶路。加把劲。吱吱嘎嘎真闹心。给生活足够的时间，它就能解决你所有的问题，甚至包括怎么活的问题。

——你脸色不好，乔先生。

——从来没这么好过。

——我们忘记了。她说。

她走向房间那头，在步入式衣帽间前弯下腰。把白色的制服撑成两个完美的半圆。哦，我是个渣男，可是，上帝啊，这画面真不算难看。坏事不听，坏事不说，可是到了我这把岁数，我至少可以偷窥一眼吧？

——我忘记了什么，莎莉？

她跳出来，全身是肉，满脸是笑，高高地摇晃一双拖鞋。

——哦，莎莉，我不需要穿愚蠢的拖鞋！

——乔先生？

——你没听见吗？不穿拖鞋，女人。

她俯下身，拍拍他的腿，还是让他抬起脚来。

——这样你就不会滑倒，乔先生。

——这又不是该死的溜冰场，莎莉。

她朝他丢了个大白眼，于是他略含歉意地抬起右脚。哦，莎莉，你真的非要挑这双毛茸茸的吗？你就不能找一双更精致些的？我活了一辈子，到头来只落得一双毛茸拖鞋？而且不是布鲁克斯兄弟牌的合脚拖鞋。再说了，你真有必要在半夜三更给我穿纸尿裤吗？是不是我那靠不住的儿子又惹麻烦了？我那些可爱的孙儿孙女有没有出什么事？我女儿去执行和平使命回来了没有？

艾琳用不着看到这一切，他很庆幸，非常庆幸。她两年前就谢幕了，最亲爱的艾琳。想象一下吧，一辈子没抽过一支烟的她，竟然被癌细胞堵满了肺。一次快速、突兀的退场。至少还有退场。幽灵退场。把哈姆莱特也带走吧。

——准备好了，乔先生。

等待发令员鸣枪起跑。齐默赛跑。如果有方格旗就更好了。如果你没有美德，吟游诗人说，就假装有美德。她到底从什么时候开始叫我乔先生的？我的真名不是叫彼得、彼德拉斯、彼达尔吗？她准是有一次瞥见了我的姓名缩写字母。说来遗憾，她瞥见的可不止这个。哦，门德尔松，你这个可怜的傻瓜。你可不是硬得像块石头。

——谢谢你，莎莉。

——嗯嗯，唔唔，她回答。

上帝，做一个公正者，把我从苦难中解脱出来吧。走到卫生间就要动用洪荒之力。他费力地把助行架挪过压门条，挣扎着关上了门。他站住，扶稳：卫生间到处都是扶手。一个扶手的大商场——水池的扶手，淋浴的扶手，把自己从浴缸里拽起来的扶手，扶手的扶手。

他蹭掉拖鞋，解开睡衣的拉带，让睡衣落到脚边，慢慢从那堆布料中跨出来。细绳缠住了他的大脚趾，他差点被绊倒，但他抓住水池边缘，稳住了身体。迅速看一眼镜子。你好，朋友，很高兴见到你。那不是我。绝对不是我。仁慈的上帝，我看上去就像一块旧窗帘，脖子下挂着一大堆累赘的幔布。像是橡胶做的，可以无限拉伸。

向前走。现在向前走。生活是短暂的，然而，光是早晨就耗去你所有的时间。

把自己洗干净，门德尔松，控制好自己的情绪。尊严和风度。我诞生于我第一次出庭辩论中，不过有时候我觉得自己也诞生于其他时候。话说回来，世界上有谁会对第二版回忆录感兴趣呢？要知道第一版完全是一败涂地。真是荒唐。

他俯身去拽纸尿裤的侧面。可得当心点。下面这个垃圾袋里的内容可能在飞行途中移动了位置。

哦，上帝，哦，老天爷，没什么声音比尼龙搭扣更难听。

在这个公平的人间，没什么比这更糟糕了。

三

黑鹂在秋风里盘旋。

这是哑剧的一小部分。

客厅里有两个摄像头，都是动作感应的。一个藏在书柜里，另一个隐蔽在窗边的架子上。两个都有鱼眼镜头，使画面微微有点航海的效果，每样东西都像涌动的波浪一般延伸。

窗帘拉开，光线洒进房间，有一种戏剧性的意外。镜头焦点是那张橡木大餐桌，周围是六把奇彭代尔式[①]椅子，手工雕刻，回纹装饰。桌上有一个插着鲜花的中国花瓶，还有一个装钥匙、信件和钢笔的印花盘。

桌子上方的墙上有一幅很大的画，是门德尔松的肖像，穿西装，打领带，戴着大框眼镜，目光严肃。

房间里还有另外几幅画，风格和品位兼容并蓄，最显眼的一幅是缅因州海景。一条波斯地毯占据了客厅地板的大片面积。一张全玻璃的咖啡桌摆在长沙发旁边。咖啡桌上的书似乎浮在半空：罗斯，马尔克斯，莫里森。

---

① 奇彭代尔是英国最有权威的家具设计大师，奇彭代尔牌家具雕有豪华的徽纹、卷草纹和叶纹，并配有古希腊殿式的廊柱腿。

房间里其他地方都有一种古老的、长期有人居住的感觉：一架黑色的、琴盖打开的施坦威钢琴，封住的烟囱旁有一排火钩，一个古雅的木头吧台，顶上挂着几只水晶玻璃杯。

事后，凶杀案侦探看到那些摄像头会感到惊讶：他们会发现那是门德尔松的儿子艾略特，他偷偷安装了保姆监控，为了监视莎莉·詹姆斯，尽管似乎根本没有多少理由怀疑她，也没有多少理由去监视门德尔松，他坐在桌边，喝咖啡，看报纸，从墙上他那幅肖像画上低眼看着自己，那个老年的他看上去可是衰弱多了。

他们审视数字录像，查看从他死亡那天开始的片段镜头。偶尔，莎莉·詹姆斯走到壁炉台摄像头的前面。她用吸尘器吸尘。她摆弄靠垫。她坐一小时看杂志。门德尔松自己推着助行架慢慢走进镜头，不多不少三次：第一次，他拖着脚走到写字台边，读一本书，写一个便条，查看他的黑莓手机；第二次，他拖着脚走到窗边，似乎是在观察外面的下雪天；第三次，他站在房间里，那是凌晨的时候，他茫然目视着前方。

他转向摄像头，穿着褐红色家居服，显示出已然褪色的风度。皱纹密布的面颊，眼皮松垂的眼睛，老年人吝啬的笑容，但身上仍有那个健壮青年的影子，身体的记忆似乎仍在皮肤下涌动。

侦探们注视着莎莉几次进入客厅的镜头，缓慢，勤劳。每次光圈都要调整一会儿。逆光的强光，然后缓慢暗下来。她穿着白色护理服和便鞋。她粗壮、结实，肩膀浑圆厚实。大屁股甩来甩去。她没有恶意，没有不耐烦。没有任何异样或可疑。她走进来，放下清晨的奶昔，把面包和咖啡摆在桌上，把报纸递给他，然后拿着一罐橘子酱回来。画面令人心寒，只因为一切太平常了。

后来，她伺候门德尔松穿上大衣，系上围巾，戴上帽子，搀着他的胳膊肘，扶他走出客厅时，也没有多少令人感兴趣或可作为证据的东西。

他们会仔细观察莎莉返回公寓，看她是否会暴露更多的情绪，但她只是坐在扶手椅里，把双脚放在搁脚凳上，看她的杂志。后来，她接到电话、得知消息时，她会把双臂往空中一举，冲过客厅，又转回来拿她的大衣和皮鞋。暮色中，她来回踱步，当他的死讯被证实时，她会极度悲伤地跪倒在地。

侦探们知道，方法多种多样，对立与冲突，各种假设此起彼伏。事情通过观察而改变。熟悉的物理定律。速度与位置。时间与距离。

他们会梳理那些画面，寻找任何一个随机的细节，捕风捉影，找到线索。越是模糊暧昧的时刻，获得的信息越有价值。他们总有机会注意到他们先前忽略的东西。

他们的工作方式与诗人很像：随机寻找一个词，在适当的时候，让那首诗一下子变得精确许多。

四

一个男人和一个女人
是一。
一个男人和一个女人和一只黑鹂
是一。

折报纸曾经是很有讲究的。当年，当他们被召集到长岛的时候。他曾是个自以为是的年轻人。和其他着西装领带的人一起坐在长岛火车上。那是一种令人叹为观止的技巧，能把报纸折成整整齐齐的长条。精心设计的通勤。清晨的芭蕾。他们可以坐成三排，膝盖抵着膝盖，翻阅报纸，但胳膊肘从不相碰。简洁高效。有些更拘泥细节的人，能完全顺着报道的边线来折报纸，把大报折成四个窄条，就像一套定制西装的精致衣边。当时的世界是可敬的、彬彬有礼的。手提箱，雨伞，扶着门让后面的人。偶尔会有一个笨人，根本不会折报纸，在那里大大咧咧地挥舞手臂，弄得报纸沙沙响，没有一点尊严，臂肘像手风琴风箱似的开合，还有些笨人永远找不到自己的月票，或常常打翻自己的咖啡，总是在到处摸索，发出噪声，制造忙乱。还好，至少当年没有手机需要应付。

上个星期，他乘火车去斯坦福德，去艾略特家，准确地说，是他的那处豪宅，一个恐怖的地方，十二间卧室，游泳池，家庭影院，五个车位的车库，但还是显得廉价、低劣，就像隔壁那家，以及隔壁的隔壁那家，整整一排宜家风格房屋，可谓富有的平庸，他的亲生儿子，他的大块头、秃脑袋的儿子，谁会相信呢？秃脑袋，大块头，愚蠢，住在一个足以让访客感觉无聊和天光暗淡的房子里，毫无个性可言，满眼都是浅黄色木头和荧光灯，以及洁净的白色电器，更不用说他那崭新的妻子，第三任了，她本人也是一件洁净的白色电器，从饼干模子里跳出来，进入艾略特的生活，完全像是从微波炉里跳出来的，橘黄色的皮肤，珍珠白的牙齿。一个花瓶妻子，但为什么用“花瓶”这个词呢？是打猎时开枪打的吗？①

幸好艾琳从没见过她。她对她的大块头宝贝儿子寄予了那么大希望，到头来，除了孙儿孙女成了泡影，以及一大堆伤心事，两次离婚，她还得到了什么呢？更不用说杰辛塔还带来三个拖油瓶儿子，现成的喜当爹，直接从商品目录上邮购来的，有胳膊有腿、有酒涡、有焦虑。他的那些继孙子，一片吵闹抓狂的青春期，他甚至记不清他们的名字，也记不清他们的脸，而且，如今谁还会给自己的儿子起名叫阿道司呢？这可不是个勇敢的新世界。②

我刚才说到哪儿了？最近脑子真不好使，一眨眼就不记得了。认识你自己。好像是跟手机有关？或者，跟报纸和折叠有关？

---

① 花瓶妻子（trophy wife），“trophy”是战利品的意思。

② 阿道司·赫胥黎（1894—1963），英格兰作家，属于著名的赫胥黎家族，其祖父是生物学家、进化论支持者托马斯·亨利·赫胥黎（1825—1895）。他写过一本书叫《美丽新世界》。

以前他总是把报纸从头看到尾，略过体育版，然后折起来，露出纵横字谜游戏，在二十分钟内做完。现在不是了。不过，如今翻开《纽约时报》，享受一顿精神上的早午餐，仍然是他一天里最愉快的时光。翻到一篇关于中非共和国的报道。真是可怕，那些大砍刀。所有适合用夹板固定的新闻。关于朝鲜的报道。超级对撞机资金不足。中东和平进程濒临崩溃。这是不用说的，这条永远都有。很难相信它会崩溃，因为他知道得很清楚，它打一开始就没建立起来。可怜的卡佳，守在那里，一周又一周，在她的外交职位上，苦口婆心地恳求、劝诱和安抚，而简单的事实是，那些混蛋根本不想要和平，谁都不想，不管是一方还是另一方，犹太人还是阿拉伯人，基督徒还是科普特教徒，还是别的什么，他们宁愿用自杀式炸弹，互相炸个粉身碎骨，倒霉的是大街上的普通男人，还有女人，更不用说可怜的卡佳自己，她在那里带着他那几个十多岁的孙儿，他们可不是“继孙”，都是漂亮的孩子，劳拉、詹姆斯、斯蒂文，却过着一种显微镜下的生活，房子周围都是武装警卫，世界上这么多地方，她为什么偏偏要选择以色列呢？她就不能让自己去贝尔法斯特，或其他稍微理智点的地方吗？

可怜的艾琳讨厌看到北爱尔兰的任何新闻。那总是让她陷入极度的焦躁。因为那里不为任何理由就互相炸掉脑袋，发射燃烧弹，浩浩荡荡游行庆祝死亡，挥舞他们的标语旗子，威廉国王骑在马背上。所有的战争，任何一次战争，都是人类极端愚蠢的行为。以色列（Israel），爱尔兰（Ireland），伊朗（Iran），伊拉克（Iraq），仔细想想，竟然都以“I”开头，不过冰岛（Iceland）倒还一切正常。真奇怪。你从来没见过冰岛有战争的影子，不过话说回来，谁愿意在一片冰冻苔原上开枪射击呢？

说实在的，到处除了苦难还是苦难。我们为什么不说全世界就是一个疯人院，然后索性随它去呢？是不是这样，莎莉？我敢打赌，甚至在你家乡那个地方，也有一些不安分的事情。

——莎莉！

她正在卧室里忙碌，吸尘，大声地给自己唱歌。想起来恍若隔世，母亲以前打扫屋子时也经常唱歌给我听。那是很久、很久以前了。在厨房里。炉子很大，红色的，肚子鼓鼓的。巨大的烟囱，不知为何漆成蓝色。她双手沾着面粉站在那里。在围裙上擦擦手。所有那些古老的立陶宛小曲。山上的野花，冰冻的运河，还有河岸和渡船。

维尔纽斯、维鲁市、威尔纳、维尔诺。世界上的地理真复杂。后来一些年，母亲对他详细讲了他出生地的情况——刀刃用来做溜冰鞋，月光映照在河面上，他一直穿着的红色小夹克衫，她用松紧带缝在他袖子里的那双手套，他在卡尔内公园奔跑时，手套上下乱跳。有一次，一条狗被他跳动的手套吸引，追着他跑。到处都是黑狗。后来他做了噩梦。然后，白天也成了黑暗。他们及时离开了那座城市。他母亲产生了一种不祥的预感。那里已经有过多少次战争了？可怜的维尔纽斯、维鲁市、维尔纳、维尔诺，每次转折都换个名字。它被统治和占领了多少次？一座风度高贵的城市，都是黄砖建筑，高挑的飞檐，却被子弹一次次射穿。他的父亲，一位有名的医生，卖掉了沃基茨克街的房子，拿上积蓄，把全家打包塞进一辆开往巴黎的火车。那时候边界仍然能够自由进出。他们有足够的钱应付生活。没有私藏的首饰。没有来自拉比的祝福。没有偷偷摸摸的祷告。也没有诅咒。没有犹太人居住区的故事。没有被扔出窗外的婴儿。他的母亲几乎丢弃了所有的传统。她对于成为立陶宛人、波兰人、俄罗斯人还是其他什么人毫无兴趣，甚至包括犹太人。他的父亲也是个坚定的无神论者。对繁文缛节全无兴趣，不过他有时会读读《律法书》，甚至背诵几段犹太教祈祷文，说那些词句是产生伟大思想的良方。*愿这个神圣之地以及其他各地，拥有丰足的和平。*诸如此类的话。朝左边鞠躬，朝右边鞠躬。确实有点道理，不是吗？*丰足的和平？*机会有两个，就像他们说的：渺茫与无望。

蒸汽火车哐当哐当地掠过德国、比利时、法国细细高高的树木。他们住在塞纳河岸的一家旅馆里。入夜后，聚集在旅馆厨房，围在收音机旁，人世间亲密的火炉边，那个燃烧的仇恨，灰烬，四分五裂的欧洲。那些长刀的一夜夜、一个个星期、一个个月、一年又一年。

接着到了都柏林，在战争的中间。他父亲在爱尔兰皇家外科医学院谋到一份工作。一座在美丽天空下从容不迫的城市。为自身的灰色喝彩。一顶帽子，一顶小礼帽，一顶圆高帽。他喜欢那儿。他最快乐的两个夏天。利森街的一座房子，离运河不远。十岁的他，穿着短裤、吊袜带和长长的弹力袜。在卵石街道上蹦蹦跳跳，在暮色刚刚降临时回到家中温暖的炉火旁。一道楼梯。一张长长的餐桌。中间放着两个银烛台。哦，思想本身是一口很深、很深的井。把我放下去，让我触碰水面。他甚至试图让自己带有一点都柏林口音。这同样也有两个机会：绝无可能，见鬼去吧。

早晨，他经常以最快的速度冲向运河。那里有两只壮丽的天鹅，用脖子互相缠绕。夏天，妈妈带他在岸边的草地上散步，并允许他脱掉内裤，跳进水里，苍白而精瘦，和其他男孩一起戏耍。不知怎的，他总是掌握不了窍门，而且被别人称作奎恩，过了一阵，又称作奎纳。大概他的样子很像一个叫这名字的男孩，或者，里面藏着一个他听不懂的都柏林俚语，不过他喜欢，特别是他本来的语言里不存在 Q 这个字母。奎纳！喂，奎纳！他把这个绰号漂漂亮亮地写在横格本上。就连老师们也接受了这个名字，他交作业时，写的名字是彼得·J. 奎恩·门德尔松。

哦，生命需要许多内容去填满。鲍里斯·帕斯捷尔纳克这么说。至少我认为是帕斯捷尔纳克。艾琳准会知道。她夜里经常读给我听。我们爱的屋顶被掀掉了，现在上面露出了无尽的天空。

在都柏林时，他的一份学业报告上说他在探究哲学方面有着活跃的天赋。活跃的天赋！探究哲学！十一岁！肯定只有耶稣会会士才配得上这样的说法。他们看出他前途不可限量。不理会他的出身背景，塞给他天主教内容的书籍。他沿着运河边走回家，脑子里响着阿奎那[①]的话。可是在夏天的下午，他一心只想跳过漆黑的运河闸门，双手抱膝，像炮弹衣一样投入水中。《爱尔兰日报》上还登了他一张照片，是一九四四年六月十五日拍的，身体抱成一团，悬在空中，肋骨紧绷，手臂强健，黑色的运河在他身后延伸，他头顶上的天空一片苍茫，他脸上的神情刚毅专注。照片的文字说明很简单：运河上的男

① 阿奎那（1225—1274），中世纪意大利神学家和经院哲学家，其哲学和神学称托马斯主义。

孩。他母亲把她在巴格特街桥小店里能找到的报纸都买了回来。如今这些报纸已经泛黄，甚至破损开裂，但记忆仍然清晰：她是隔壁女孩，而且真的就住在旁边那座房子里——她走过来，把剪报从门缝下塞进来。他从八角窗注视着她。艾琳·达利。即使在当年，她也是个美人。雪白光洁的皮肤，鼻子上点缀着一排精致的小雀斑。太漂亮了，以至于他那些年从来没跟她说过一句话。从来没有。甚至没有一句很随意的你好或再见和你最近好吗艾琳·达利都柏林今天天气不错是不是？但是他远远地注视着她，她带走了他的呼吸。他感到心里很空。

他离开都柏林的那一天，哦，那一天。天气明媚而斑驳，阳光令人意外。出租汽车停在外面，一辆银色的大轿车，侧面有个空气喇叭，发出威严的大声聒噪。行李收拾好了。箱子已经搬上车。他躲藏在楼梯下的储物间。美国。他不想去。一点也不想离开爱尔兰。可是他父亲得到一个工作机会。收到了一封信。精美的笔迹。一张八分钱邮票，画面是一架双引擎运输飞机。一封邀请信，或者也许是一份指控。另一片大陆。他从楼梯底下被拖出来，被推着走下台阶，被塞进等着的车里。他从后面的车窗往回看了一眼，看见了她，艾琳·达利，十一岁——也许是十岁？——正从她客厅的窗户后面向他挥手。白色的窗帘像括号一样，框住她的脸。她略偏着脑袋。几缕卷曲的黑发散落在肩头。她的嘴唇微张，似乎想要说话。他那个时候就知道，他永远会看见她的这副模样，他的大脑已经拍下照片，并且印在了记忆里。他还想转身朝她挥手，但车已经开到拐角，结果他是冲一堵肮脏的砖墙在挥手。

爱尔兰。

别了。

A chuisle mo chroi.

不知道具体是什么意思。我心所爱之类吧。在意第绪语里可能是 Bubbala。她曾经并且经常对他说这句话，但那是一种奇怪的语言，爱尔兰语，或盖尔语，他永远无法掌握其中奥妙，它像弹珠一样在他嗓子里滚动，dún an doras，má sé do thoil é，然而门是真的关上了，天空垂下来，落进了爱尔兰海。

船驶离了敦劳费尔，他鼓起勇气走到船的一侧，回首遥望那片陆地，直到它变成一片白色的浪花。令人痛苦的阳光朝他兜头洒下。他想，至少它应该不失尊严地最后下一场雨。然后，他们离开利物浦，出发去美国。奢侈的船舱。左舷，右舷[①]。他在甲板上无聊地游荡，艾琳·达利，艾琳·达利，艾琳·达利。她的名字轻轻躺在他的舌尖上。他不能进入船舱大厅，也不能进图书室，幸好一等舱旁边有个台球房，他就坐在角落里，开始给她写信，醒着的每一分钟，他都煎熬在她从窗口给他的惊鸿一瞥中。他无法理解自己怎么从未跟她说过一句话：是什么使他呆若木鸡？在过去两年里，他们就住在彼此的隔壁，此刻他却在给她一页页地写信，告诉她海上的落日是怎样的，救生船怎样奇怪地发出吱吱声，他怎样回望一眼爱尔兰，告诉她所有的一切，他写信的速度惊人，低着头，自来水笔滑过纸面，他从没写过这么多东西，那时候他十一岁——也

---

① 左舷，右舷（Port out，starboard home），后也简写为 posh，有说源于 19 世纪末 20 世纪初英国人乘坐汽船去印度时的情景，中上层阶级为避免晒黑（在当时是苦力的象征）而选择去程左舷回程右舷的船票位置，后指代奢侈豪华。

许是十二岁？——那不重要，他患上了那古老的相思病，愚蠢，荒唐，没有尽头，那是他初次尝到个中滋味，日后他将会亲密地、甜美地熟知那个“爱”字的精髓。

艾琳，爱人，爱你。

生活并非步入田野。又是帕斯捷尔纳克说的。这次毫无疑问，而且，哦，思想真是一口深井，但是经常会有一个令人意外的水桶放下去，撞击水面。在许多个夜晚，艾琳大声念这位俄国诗人的书，用她那爱尔兰人的轻松语调，把毯子拉上来围住我的脖子，柔软的羊毛，阿沃卡[①]，那里是河流交汇的地方，至少她是这么告诉我的。她是知识源泉，爱尔兰知识、俄罗斯知识，有时甚至包括犹太教知识，真是诗的源泉，还掺杂着一点点希腊知识，和少量的拉丁知识。谢天谢地，她永远不用看到我穿着纸尿裤，尿布，冬季装备，在那些爱尔兰风笛的花园里，我和我的心上人相遇。

他将咖啡杯倾侧，叹了口气。杯里已经空了，只有一道细流，在瓷杯的内壁滑过。所有的生活都放慢至此。水滴。落下。雪白的脚。

慢慢地飘落，缓缓地飘落。此刻的窗外。大朵大朵的雪花飘在窗玻璃上。那也是一个她特别喜欢的故事，整个爱尔兰被白雪笼罩，迈克尔·弗瑞在窗口歌唱，可怜的加布里埃尔[②]被独自撇下，他最后结局的降临。

他最后一次翘起咖啡杯，让最后一滴咖啡落在报纸上，

---

① 阿沃卡（Avoca），爱尔兰一处以优质羊毛闻名的地方。

② 迈克尔·弗瑞和加布里埃尔均为爱尔兰作家詹姆斯·乔伊斯的短篇小说《死者》中的人物。

他注视着它慢慢洇开、扩散。A bi gezunt，他的母亲会说。她总是喜欢这句古老的话。你有了健康，还需要什么？

——莎莉？

他听见她此刻在厨房里，洗碗机发出噪声，滚筒咔啦啦地响。见鬼，为什么需要启动洗碗机？他永远搞不懂，就好像我用橘子酱和面包弄脏了一百个盘子似的。

慢着，他到底想对莎莉说什么来着，刚才他陷入深思，思绪回到了爱尔兰，那些美好的岁月，此刻为什么要打断它们呢，除非痛苦的记忆不忍回首，大雪覆盖了整个第八十六街，半死不活，我认为她是为爱而死，艾琳，我认为她是为爱而死。

——乔先生？

——外面下雪了。

——是的，乔先生。

看着他，期待他说出别的话来。就为了把她已经知道的事情告诉她，并不足以打断她操作洗碗机，雪纷纷落下，像在为雪辩护。

——我只是在想，他说。

她点点头，金耳环叮叮摇晃。她此刻非常好奇地看着他。她脑子里在琢磨什么？她是不是认为我老糊涂了？衰老，昏庸？一个白人老头，拖着一具老朽的白色身体？她是不是想到乘风破浪的贩奴船？她是不是想到她那个远在加勒比的亲爱的孙子？她存钱不就为了那个吗？送他去上学？让她的孙子，也许是她的侄子，接受好的教育？心地善良的莎莉，她这一辈子都为了那个男孩。别让他伤了你的心，莎莉。她还记得我和艾琳在一起的快乐时光吗？她还记得我们曾经的美好家庭吗？虽然说句实话，她俩有时也大吵大闹，莎莉和艾琳，一黑一白，真的是唇枪舌剑啊，艾琳的嘴非常厉害，有时候说得莎莉败下阵去，高高的大树倒下去，可是，哦，我到底想说什么，我需要什么呢?

——我今天想去红辣椒，莎莉。

这几乎是他每天的仪式。

——好的，先生。下雪也去?

——是的，下雪也去，夫人。

——您有保留吗?

他往椅子里退了退。我确实有保留，莎莉，但说实话，不是让饭店保留座位，而是对你的语法有保留意见。现在没必要纠正她了，过去的就让它过去吧。

——现在几点了，莎莉?

——十点一刻，先生。

——就定一点吧。

——什么，先生?

——定在一点钟，莎莉。你给红辣椒打电话。我给艾略特打电话。也许他能破天荒抽得开身。

她很可爱，莎莉·詹姆斯，曾经可爱，永远可爱，月光映照她的秀发，她不管走在哪里，都有清凉的微风吹过林间空地，我与她漫步在浓荫之下，哦，我这辈子从未吻过一个黑人女子，必须承认，她们许多都有美丽的嘴唇，以及相配的牙齿，然而莎莉不是，真可惜，或许这样也好，没有那古老的诱惑。不过，最好的永远是老歌。

——好的，乔先生。

——谢谢你，莎莉。

但初吻是永远不会忘记的，虽然在艾琳之前有过几次——说实话，有些是付费的，在德累斯顿，营房墙边的非犹太姑娘，因她们可疑的贞洁而出名——然而初吻完全属于艾琳，尽管她并非第一个，一向都是，将来也是，今天、明天、后天。这么多年他给她寄过多少封信？几百封，甚至几千封。“艾琳日报”，她曾经这么叫自己。曾经可爱，永远可爱，月光映照她的秀发。他从布朗克斯的高中给她写信。他在福特汉姆大学的走廊里给她写信。他加入美国空军时给她写信。那么长的时间，他却没有跟她面对面地说过一句话。熟悉到这个程度，却从未在她面前说过一句话，这是多么奇怪啊。当然啦，有电话，他们隔着电话线聊天，为对方的口音感到困惑，但从未面对面，直到一九五二年，他驻扎在德累斯顿，做办公室工作，检查飞行模式，乏味得要死，一天又一天，大堆大堆的文件，烟斗喷云吐雾，但是他仍然每天写两封信，她也给他回信，爱情和文学，两大专业，然后他有了一周的休整期，他擦亮皮鞋，给自己抹了头油，登上了去格拉斯哥的飞机，到那里后雇了一辆车，在爱丁堡与她相见，她在那里攻读文学学位，后来两人都想不起互相说的第一句话，很有可能是相对无言，只记得那天夜里，他双膝跪地，请求她嫁给自己，你是我生命中的真爱，a chuisle mo chroi，你在信里对我写了这句话，我不明白到底是什么意思，可是请你嫁给我吧，艾琳，一定。她羞红了脸，说好的，然后她垂下眼睑，他的心在衬衫下面怦怦乱跳，他说要办一场别致的婚礼，不过，如果我们说实话，完全说实话，除了实话不说别的，那么必须承认，其实并没有多少田园诗般的浪漫，除了在追忆中，而且，现在实话实说，他再次看到艾琳·达利时，对她感到有那么一点失望，她不完全是他记忆中的样子了，在窗口，在利森街，朝外张望的她，雨水掠过她的双眸，不，她体型变得有点矮胖，皮肤苍白，失去了他记忆中的粉润，而且她眼睛的颜色也很普通，不过他很快就忘记了这些，她又变得可爱如初，或许还更可爱了一些，不过，如果再说一句实话——更深刻的实话——他本人也谈不上完美，瘦瘦高高的个子，鼻子上架着一副大眼镜，眼神焦虑，裤子像在降半旗，似乎他的整个身体都在哀悼上帝赐予他的一切，两条胳膊瘦骨嶙峋，不算是个孔武有力的男人，承受不起重任，下巴上几根散乱的胡须，头上的发量已日见稀薄，在头顶上形成一个小半岛，那天夜里，当他躺进隔壁自己的被窝时，他不得不承认，他与艾琳·门德尔松，旧姓达利，结为夫妇，会得到更好的结果，他们相处十分融洽，手拉手走在安妮街上，整个世界向他们打开大门，他们将在六个月内结婚，在纽约生活，她将在那里测试咂摸自己的新姓氏，风华正茂，底气十足，哦，她也喜欢利奥波德·布卢姆①，那是肯定的，可是我到底是从哪儿得到“可疑的贞洁”这个词的？

这倒提醒我了，我得给我那不争气的儿子打电话。

见鬼，莎莉，我把我的黑莓放哪儿了？噢，在这里，在报纸——一切适合印刷的内容——下面，被我的空咖啡杯压住了。

哦，艾琳，我想念你。每天，每天，每天。

---

① 利奥波德·布卢姆，爱尔兰作家詹姆斯·乔伊斯的长篇小说《尤利西斯》中的男主角。

五

我不知道更喜欢什么，
是变音的美，
还是影射的美，
是黑鹂的啼鸣，
还是啼鸣之后。

诗人就像侦探一样，探知真相是一件苦差事：它不是妙手偶得，而是需要精雕细凿，辛辛苦苦做出来，是时间、距离和辛劳的产物。诗人必须承认这样一种可能性：要过很久才能等到一个词冒出来，一个句子站住脚，或一个韵脚自动打开，即使到了那时，一切也不确定，即使那些植根于最初意义的词也靠不住。有时候，事情会在最不期然的时刻发生，然后诗人必须进入那个谜，从那里重新建构那首诗。

门德尔松那座大楼的八个摄像头，每个都保留着三十四天的画面。公寓楼位于东八十六街五十九号，在麦迪逊大道和公园大道之间，距那家饭店仅二百码。第一个摄像头捕捉到那座战前大楼的双层玻璃门，高高的台阶，遮阳篷。镜头退后，出现了远处的人行道，第八十六街的北侧。角度有限，景深效果较差，从北向南，以五十毫米镜头记录。另一个摄像头就在大厅里。还有一个在楼下的洗衣房。还有一个在楼梯上。还有一个在屋顶上。还有一个在电梯里。还有一个在锅炉房。还有一个在楼下的存储区。

在死亡的那天下午，门德尔松从电梯里出来——平安无事，默默地站在莎莉·詹姆斯身旁——两人一起走进大厅。

是那种古老的纽约休息厅，大理石，鲜花，枝形吊灯。黄铜墙灯。一张红木桌子。黑白相间的地砖。中间铺着一条长地毯。墙上挂着拙劣的艺术品，刻意不得罪人的那种。

莎莉在拐弯处消失了片刻，门德尔松独自走了几步。他穿着一件长大衣。戴着圆顶礼帽。脸上有一种困倦的坚决。等待着他缓缓到来的命运。镜头放大后，可见他眼皮耷拉，下巴松垂，眼镜底下有憔悴的半月形小黑眼圈。眼睛周围射出无数皱纹。帽子侧面喷出一小蓬头发。他的太阳穴处青筋暴露。脖子处的皮肤松弛，挂着垂肉。几十年岁月的痕迹。侦探们可以想象他在家里，张着嘴睡觉，睡衣领口歪斜，嗓子眼的深处发出轻微的鼾声。

可是后来，当他顺着走廊移动时，他们注意到他缓慢的步态中有一丝喜悦。不是趔趔趄趄或拖泥带水。一个仍然依恋这个世界的男人。一种乖戾的优雅。侦探们仔细观察他走路，似乎他的步态能给法庭提供关于他这个人的线索。他们都很清楚，单单一个瞬间，就如同一个单词，是意义不大或毫无意义的，但多个瞬间累积起来，就开始有了意义。生活因一连串的行为而显得异样，其中肯定有相应的一连串诱因。过去是了解未来的钥匙：隐藏的原因必须大白于天下，时间会移向水落石出的那个特殊节点。最刺激的就是找到解开谜底的那个点。然后就能像拼图一样，把条理重新理清。只要能找到一块碎片，就会瞥见近旁的另一块，试试是否合适。

魔法最终完成时，会一下子迅速看到所有的碎片，然后向四面八方延伸——提交解决方案。

单看他走路的样子，动作流畅而有底气，侦探们相信门德尔松没有受到死亡的威胁，也看不出有暗杀的可能，即使在他用拐杖敲击地面，莎莉·詹姆斯从电梯那儿拐过来，似乎把一只手放在了他喉咙上的时候。他的脖子看上去松弛而有赘肉，似乎有可能发出窒息后的声音。可是接着，莎莉轻轻地给他裹好围巾，然后走上前，扶住他的臂肘。

这个护工从各方面看都保养得很好。她穿着一件毛皮领的大衣。脚上是高筒靴。

他们慢慢从走廊过来，站在双开门的里面。莎莉停住脚，转过身，门德尔松跟看门人托尼·迪萨沃说了句话，托尼像是一个从墨西哥小酒馆里走出来的人，矮胖，秃顶，身上透着点暴力倾向，却又有一种喧闹的智慧。后来，追问之下，才得知托尼是波多黎各人，曾在迈阿密大学攻读哲学专业，不过他们的对话仅局限于每日纽约天气的交流，户外多么可怕，这个冬天下了多少雪，门德尔松又拿出去吃午饭开了个老掉牙的玩笑，托尼叮嘱门德尔松过马路当心点，整个上午出租车都在路面上打滑。

托尼搀着门德尔松走下很陡的台阶，注视着老人和护工走出视线之外。

侦探们也搜索了前几天的录像，万一能在时间模式中发现一点什么，可以促使他们获得某个重要的顿悟，诗中的某个逻辑。一个韵律。一个跨行。或者一个韵脚。

他们以三十二倍速审看谋杀案那星期的录像：世界飞快地从眼前掠过。一整天在不到一小时内滑了过去。那画面的运动有一种喜剧效果，特别是当门德尔松在护工的陪伴下，用拐杖嗒嗒敲着地走出画面的时候。随着日子一天天靠近，他们放慢了速度，以十六倍速快进，然后是八倍速。每分钟需要七秒半。四小时需要半小时。他们的手指在键盘上滑过。观看。挖掘。搜寻。打捞。一张脸看见过一次、两次、三次。某个人在遮阳篷附近逗留。一个鬼鬼祟祟的眼神。一个神经性的痉挛。抑或是某种更醒目、更显眼的线索，一个暗杀者带着恶意和杀气的瞪视。每一个事件都有其特殊的节奏：惯常的人来人往，送货卡车，看门人拖着脚走路，住户，门德尔松和他的护工，暴风雪的来临。

对凶杀案发生当天的录像，他们以正常时间观看，停顿，凝视，剪切，回放。一遍又一遍。思考。停顿。再思考。注视着门德尔松出现。凝望暴风雪。调整衣领。踢去他鞋子上的第一批白雪。靠在他护工的身上。看见莎莉大笑。看见托尼点头。看见门德尔松微笑。看见毫无异样。看见门德尔松离开。看见老人消失。看见大雪纷纷落下。

他们留意着时间标识，等待着发现这一小时里会发生什么事，然而只是大门口，遮阳篷，人行道，马路，越来越大的白色暴雪，莎莉从饭店返回，进入画面，朝托尼点点头，往手心里哈一口热气，别的就没什么了。他们等了片刻，等待门德尔松吃完午饭回来，似乎这台摄像机能够战胜现实。

他们把录像往后播放了几小时，以防万一：经常听说一个杀人犯会回到他的作案现场。他们扫视一张张面孔，邻居、医护人员、送报员、偷窥者都在公寓大楼的入口处逗留。侦探们在普通人中间挖掘，寻找任何细微的蛛丝马迹，一张突然冒出的脸，一个暗藏杀机的影子。证据可能存在于最不可思议的瞬间，最短促的一瞥，最轻微的肩膀相触。他们最终聚焦于那个儿子，艾略特·门德尔松分开了人群，他是对冲基金大亨、政治野心家、大名鼎鼎的花花公子。他高个子、宽肩膀，大腹便便，似乎吞下了一口袋石头。艾略特几次进出公寓大楼，手机紧贴在耳边，脸上是一副苦恼的神情，似乎他可能再没机会跟一个比自己更有趣的人说话了。

那天晚上，艾略特出现了，胸口别着一截黑丝带，侦探们对异常情况格外敏感，发现他这么早就展示出哀悼，未免有些蹊跷，特别是门德尔松家的人向来不信宗教：难道他提前将丝带藏在衣服里？难道他在楼上父亲的房间里扯了一条？

后来，他们观察到侄儿侄女、七姑八姨和老朋友们来到公寓：看不出有哪位亲人像个杀人犯。

侦探们又把数字时间轴倒回门德尔松出门走进暴风雪的那一刻：那画面似乎有一种希腊史诗般的意义，须发花白的老人拄着拐杖，冒险出门，走进漫天大雪，走出画面就此消失，就像一个古老的词从纸上迈步离开。

六

冰柱用野蛮的玻璃
填满长窗。
黑鹂的影子
来回掠过窗口。
情绪
追寻着阴影里
一个难以解释的起因。

值得信赖的拐杖。老而可靠。当然啦，他可以用齐默式助行架，甚至那个电动轮椅——放在楼上的后卧室里落灰，但为什么要引人注意呢？他不愿意像那些傻瓜那样，坐着轮椅闯过第五大道，滴滴，滴滴，让开，结肠镜预约电话，第五大道，我来了，做好准备，吉姆医生。几年前，他曾不得不坐轮椅，他在古根海姆博物馆外一跤摔坏了臀部。踩到一块冰面。没等反应过来，他已经趴在了人行道上。管理人员吓坏了，担心他会起诉，但那不是他的风格，他喜欢法律，尊重法律，服从法律。法律不是为老人摔跤这样不值一提的愚蠢行为服务的。在医院里躺了两星期，然后艾略特给他买了辆电动轮椅。上面的按钮比 SOC-3 的还多。磁电机。打开雷达。旋转螺旋桨。发动！他第一次尝试就撞在了病床上。为了能在那玩意儿上坐稳，你需要拿到土木工程的博士学位。

快走吧，莎莉。

别再聊天了。

她在拐角那儿，参加每天一次的家政大军例会。有人管她们叫雇工。多么可怕的名字，可是还能叫她们什么呢？不是用人。不是家仆。不是助手，但愿不是，她们不是疾病[①]。她们都在信箱旁边集中。其中一个，他知道，是俄罗斯人。另一个是威尔士人。另一个是斯洛伐克人。她们在大厅里有自己的小联合国。他经常猜想那里在上演什么样的闹剧，谁付了什么钱，谁冲谁嚷嚷，谁什么时候、为了什么被解雇了。长舌妇大军。所有能登报的八卦。城里的每一座大楼都像一个村庄。顶层公寓，就是城堡。走廊，就是街道。楼梯井，就是小巷。电梯，就是大马路。储藏区，就是垃圾堆。锅炉房，就是工厂。杂务工，就是补鞋匠。看门人，就是警察。公寓管理员，就是法官。法官本人嘛，嗯，就是村里的混混，被留在大厅里等待着，等待着，等待着。

他用拐杖敲打大理石地板。一下。两下。她们仍在拐角那儿家长里短地聊。一声大笑，接着是低低的窃窃私语，接着是来自莎莉本人的又一声狂笑。在蛇出现之前伊甸园是什么样子？怪不得亚当要伸手摘苹果。也许是夏娃吃了苹果？真奇怪，最简单的事情都会想不起来。那个原始的故事，他甚至记不起到底是谁违反了禁令。也许根本就没有人违反禁令。也许

---

① 英文中，aides（助手）的读音与 aids（艾滋病）相同。

他们一起吃了苹果。两人共同分享。为什么不是呢？他十岁时学会一首老歌谣：如果夏娃的叶子是冬青，事情会不会很开心？真是美妙的尤物啊，一个女人的身体。曲线凹凸，注定给人带来愉悦。丰满，妖娆，等待你的邀请、祈求和吸入。上帝，他真喜欢星期天早晨躺在艾琳身旁，特别是逮到机会激欢一场之后。他们会看着光线一点点地爬进房间，点头示意，美好的日子，丰收号角，可以说，曾经。

他又用拐杖敲击地板。哦，快来吧，莎莉。苍天在上。快过来。老人老得越来越快。莎莉抓紧，莎莉加快，莎莉麻利点。

——这就来了，乔先生。

——我没那么多闲工夫，你知道。

她从拐角那儿探出头。

——这就来了，乔先生。

接着他听见一声意味复杂的叹息。和一声轻笑。

上帝保佑，她没有跟她们谈到我在纸尿裤行业的冒险经历。你一辈子都勉力成为社区栋梁，到头来一切都在你的眼前烟消云散。

也许他应该自己跑到雪地里去。把我的氧气罐递给我。把我的帽子拉下来护住耳朵。埃德蒙爵士①，直奔山顶。有一次他和艾琳一起在意大利爬山。攀登美丽的白云士山脉。他们住在大山背阴处的一座瑞士牧屋里，早晨，吃过早饭，他们在

① 此处指埃德蒙·珀西瓦尔·希拉里爵士（1919—2008），出生于新西兰的奥克兰，世界上最著名的登山家之一。

景色壮美的森林里往上攀爬，手拉着手，然后用登山扣把自己扣牢，进行铁道式攀登，直上云霄。意大利人最奇妙的一点是他们在山顶上建有避难堡。你可以在一万两千英尺的高空吃一碗通心粉，喝一杯灰皮诺。一群文明人。他经常希望自己身上有一点意大利血统，那份广博无边的慷慨，那种颜色，那种风格，然而他身上只有立陶宛，当然啦，这本身也是个小杂烩，夹杂着波兰、俄罗斯、德国以及北欧。

我们所继承的血统，真是奇怪的东西。在我们体内冲击，使我们成为这样或那样的人：地貌风景本身影响了大脑的思想。多巴哥有海滩、阳光和棕榈树，那里的生活注定是慢节奏的。不过，莎莉竟然还是能把活都干完，每一天结束时，他总是很惊讶地看到房间打扫干净了，洗净的衣服叠整齐了，碗碟都洗干净了，床铺也收拾好了，莎莉钻进了自己的小屋，桌上放着她侄子的一张照片，也许是她孙子，他有一两次听见她在哭泣，但大多数时候她都高高兴兴地去睡觉，至少表面如此。哦，大自然温柔的保姆，我使你受了何等的惊吓。

但他还是希望她能快点行动。他的目光穿过整个大厅，望着外面漫天飞舞的大朵雪花。真奇怪，生活变成了一台望远镜：我们年纪越大，离一切的距离越远。他在这座大楼里住了将近二十年，大厅从没像现在这么长。他朝看门人托尼竖起一个手指打招呼，托尼正在外面往地上撒石盐。他已经认识托尼二十年了。眼睁睁地看着他变老、变富态、变得臃肿肥胖。时间啊。是一个伟大的校平器。从什么时候开始托尼突然就人到中年了？这种事情不应该是一夜之间发生的，对吗？有一次他发现托尼在读康德的一本书。想开个玩笑。我读了读康德，但是没读懂。①他的玩笑完全碰壁。至少托尼没反应。也许我现在就应该碰碰壁。脸朝下躺在大厅里，等待着。快来吧，莎莉，真是岂有此理。

他自己的生活中有一段时间，在三十八九岁时吧，突然间一切都在走下坡路：发量，风度，从容的感觉。走到哪儿心头都梗着一块焦虑的大石头。他们说这是中年危机。后来，直到年满五十岁，他才真正又感到振作起来。那时他被选入国王郡的最高法院。不能算是稳操胜券的选举，但是党派支持他，甚至给他做了纽扣徽章和传单，在布鲁克林附近的投票站派发。事实是他们需要一个自由派犹太人，而他正好符合要求。他们对他那位天主教妻子也很满意，一举两得。他们当时住在山庄，因此有身份的象征。杜根兄弟面包房送货上门。他每天步行去亚当斯街的法院。身为一名法院的法官，最棒的一点是不用年满七十就退休，只要争取一下，干到七十六岁没问题。法官法里白纸黑字写着呢，三次延期，一次两年。当然啦，他们拧紧了螺丝，不可避免地含沙射影，特别是因为他搬去了曼哈顿——他已不再是他们眼里的布鲁克林男孩，怎么敢搬到城里去？——但是他一直在那里耗到了最后，特别是在艾琳离开后，哦，上帝，那一天。他正在第八十六街的卫生间里刮脸，半边脸上都是泡沫，外面突然传来怦然落地的声音。她已经病了很长时间，但他没想到她会这样匆匆离去——起床时猝然摔倒——然后她，艾琳，就躺在地板上，死去了，死去了，*a*

① 原文是“I tried Kant，but couldn’t”，Kant（康德）和can’t（不能）同音，与后面couldn’t（can’t的过去式）连用，有诙谐效果。

chuisle mo chroi。他俯下身，抚摸她的头发。他们说头发是最后死亡的，它还会继续生长。即使在人死之后很多天。所以他们必须给死者刮脸。

——你说对吗，莎莉？

她终于来了，绕过拐角，深色大衣下面露出窄窄一条白色护工服的衣边。

——什么对吗，乔先生？

——我是在想……

——什么？她明显透出了不耐烦。她伸手给他把脖子上的围巾围紧一些。

——在想门德尔松夫人。

——是的，乔先生。一个好女人，艾琳小姐。

——我，我……

——您说什么，先生？

——哦，别为我担心，莎莉。

——走吧，乔先生，我扶着您。

死者跟我们在一起。在我们无尽的旅途中，他们飘然尾随着我们，在我们最细微的姿态中，他们陪伴着我们，他们藏在我们黑暗的影子里，甚至跟着我们去红辣椒吃一顿午饭。她以前总用一把金柄的发刷梳头。他喜欢注视着她坐在镜前，发刷一下下地梳着她披散的秀发，她用拇指和食指把长发拢在一起。

——曾经可爱，永远可爱。

——乔先生，您说什么？

——这是一首老歌。

——是的，先生。明白了。

——曾经可爱，永远可爱，月光映照她的秀发。

——是的，先生。

莎莉当然完全是一头雾水，但是她怎么可能知道他在说什么呢？除非那首歌辗转一路传到了多巴哥。真是该死。他感觉到口袋里有轻微的振动，但他不想在这里停下，此时此刻，在大厅里，不管是谁打来的电话，是上帝还是艾略特还是工作上的事，还是别的什么人。下面那小小的振动真是古怪。我口袋里的毛毛怪。很久以前，他经常给卡佳念苏斯博士①的书。那都是些美好的日子，有空的时候给孩子们念念书。时间真是个怪东西。现在时间这么富裕，我们却都用它来回首往事。曾经可爱，永远可爱，月光映照她的秀发。

——我的天哪，莎莉看着外面的天气，说道。你真的想冒险出去吗，乔先生？

他也喜欢莎莉这一点，时不时地会蹦出一个令他感到意外的词。真的是冒险。加上冒险，亲爱的莎莉。向上。走吧。

他停在第一道玻璃门的边缘，站在台阶旁。一股冷风扑面而来，托尼赶紧过来搀扶。

——年轻人。

——今天怎么样啊，门德尔松先生？

——出门吃饭。

他习惯性地调侃。准保能让托尼的嘴唇露出微笑。因为

① 苏斯博士（1904—1991），20世纪卓越的儿童文学家、教育学家。一生共创作近五十种教育绘本，成为西方家喻户晓的经典童书，《口袋里的毛毛怪》是他的绘本之一。

不断重复，才更显得滑稽：他几乎每天都说这句话，不管风霜雨雪还是艳阳天。在一个晴朗的日子，如果他不说这句话，会怎么样呢？地球并不会停止旋转，但可能会在它的轴上稍稍停顿一下。我们能（Kan），我们不能（Kant）①。

——这位大美女是谁呀？

惯会讨喜的托尼。莎莉眉开眼笑。是的，没错，他喜欢那笑容。这是一个好世界，在这些不期然的小瞬间。

——我们刚才在电梯里结婚了，是不是，莎莉？

——没错，先生，对着呢。

——希望你们把五彩纸屑都捡干净了。

——去看看垃圾箱吧。

——您想得真周到，门德尔松先生。

从大厅到街道的台阶很高，而且一天比一天高。感觉我好像是从一个大吊车上往下降。是的，降落到回收物品中间。也许卡佳和艾略特应该在第八十六街的一路上都装上扶手：从路灯上挂下来，用手抓着往前荡，就像约翰·韦斯默勒②穿过丛林，我们来了。

——小心点吧，托尼说。刚结婚可不能摔倒了。

地面上仍只有薄薄一层积雪，但是风暴正不断增强。最好现在赶紧出去，事不宜迟。如果暴雪真的铺天盖地，谁知道他会要在家里困多久呢？

---

① 此处是用康德（Kant）的名字玩的文字游戏，同前，Kant（康德）和 can't（不能）同音。

② 约翰·韦斯默勒（1904—1984），出生于美国芝加哥，美国游泳运动员，退役后在好莱坞从影，因饰演《人猿泰山》一片主角而红极一时。

他用拐杖稳稳地戳住地面，弯腰把身体的重量放在一条腿上。膝盖吱嘎响。脚脖子真沉重。我们走了。谢谢你，莎莉。我自己没问题。

雪是奇怪的东西。他们说因纽特人对“雪”有八十个称呼。语言真是丰富啊。半融雪、雨夹雪、粒雪和雪粒。霜降和白霜。冰壳、冰晶、水汽、暴雪、霰。摆动、渗透、平面。条纹、剪切、超冷。釉面、生脆、簇集、粗糙、破碎。对雪的侮辱，对雪的诽谤，对雪的嘲弄，沃尔特·惠特曼的雪，动物寓言集的雪，汽笛风琴的雪，这雪里藏着莫尔斯密码，三长，一短，一长，这雪下得像古老的报纸艺术，这雪下得像九月的灰尘纷纷落下，这雪下得像扬基日的游行，这雪下得像一首爱斯基摩人的歌。

一步，两步，三步，五步。他在一个停车表旁边站立片刻。当年多么幸运，五分钱硬币就能停车，如今要花多少钱呢，两美元十分钟，更少，还是更多？他注视着一辆巴士开过，轮子上缠着链条。一个骑车的女人。平衡能力真好。死亡的影子来回穿梭。当心，姑娘。一辆厢式车响着喇叭在雪里行驶，离那个骑车人那么近，真危险。

车灯狂闪。喇叭声刺耳。仁慈的上帝，千万别撞到她。哦。

——多悬哪，莎莉。

用她下巴上的胡子发誓①。

① 原文是“the hair on her chinny-chin-chin”，语出童话《三只小猪》：“no, no, by the hair of my chinny chin chin”（我用我的胡子发誓，绝不可能）。

——嗯，嗯。

莎莉也是。那玩意儿很有市场呢：老妇人用的刀片。艾琳就从来没有这个烦恼。光滑得像丝绸一样。

他碰了碰帽子，继续慢慢往前走。比任何时候都更需要这根值得信赖的拐杖。包钢的拐杖头。今天却毫无声音。被消音了。

——我胃口越来越大了，莎莉。

——是的，先生。

他在消防栓旁边停住脚，喘喘气。一看到消防栓，就忍不住想起十年前的那个九月，灰尘从天落下。全都紧密地联系着。一个可怕的日子，他注视着电视里播放的坍塌。之后的几个星期，每一件小事都富有深意，甚至窗台上的灰尘，你永远搞不清它可能含有什么：一张纸，一份简历，一片睫毛。

——莎莉，我亲爱的，你是个天使。

——您喘不过气来了，乔先生。

——只是假装的，莎莉。

他站在人行横道线的边缘。为什么交通信号灯要设计成羞辱我们的样子？他曾经能快步穿过马路，信号灯上的小人都来不及开始闪动。如今，他刚走到马路中间，红色小人就冒出来作怪了。他最讨厌的就是汽车开始慢慢往前移动。门德尔松，你的时间到了。再见，谢谢，现在滚去佛罗里达吧。或者北卡罗来纳。那里信号灯小人持续的时间无限长。这是谁都知道的事实。

汽车已经开动了，喇叭嘟嘟响个不停。他总是为这个城市竟然这么粗鲁而感到惊讶。八百万个生命同时碰撞。所有那些细微的小原子，都处于互相撞击弹开的过程中。是的，是的，女士，你有机会挪动你的屁股，但请保持安静，并给我一个机会挪动我的屁股。

曾经，他酷爱纽约城的一点就是它纯粹的虚张声势。它把你用尽，然后就把你吐出来。但是随着时间一年年过去，他开始认为他希望得到它更多一点尊重。他毕竟投入了自己的时间。当法官。参加各种聚会。一名最高法院的法官。漂亮的头衔，实情却是他接手布鲁克林的每一个案子，实际上是一个凶杀、暴徒、奸商、骗子的信息交换中心。刺杀事件。预先策划的搜捕。遗嘱认证问题。禁令。撤销。堆积如山的文件。即使最艰难的时期他也留在体制内。从未偏离正轨。如果涉及公司法领域，薪水会是当时两倍。经过了凡此种种，他只希望能得到无足轻重的小人物传出的一点谢意。请在人行横道线上多等一会。他为了毕生服务公众，把自己的律师事业扔进了垃圾桶，结果他得到了什么？某个坐在一辆新泽西牌照的黑色 SUV 里的妙龄女郎，看上去好像巴不得咔嚓一下把他压扁似的。雨刮器来回扫个不停。她那暴躁的目光。她那闪亮的唇膏。特别丰美多汁。用手指敲打着方向盘。别以为我没看见你，姑娘。我虽然走路慢得像糖浆，但这并不意味着我没发现你恨不得把油门踩到底，同时把可怜的莎莉也撮起来，把我们吊在你的保险杠上，拖着我们一路开过第八十六街。拜托，多少放点尊重。反对有效。他曾经办过一个案子，是贝德福德的一个孩子，被绑在一辆垃圾车的后面，拖过好几条街，然后被丢在地上，躺了两个小时，所有的证据都在，但陪审团不肯定罪。重新措辞。继续审理。这样一个案子很难弃之不理。纠缠了他很多年。一个黑人小男孩，被车子拖着走。残酷的日子。

到底是谁设计出了那些 SUV 呢？真是天底下最丑的东西。大大的银色护栅，发动机罩上还有个撞角。就好像要冲去打仗似的。为什么会需要这种东西呢？难道是要在落基山脉、湍急的河流和无尽的丛林里穿行吗？

——总是泽西州，莎莉？

——您说什么？

——总是泽西州的牌照。

——您不用着急，乔先生。别理她。我们在这里待到星期天都没事。

——我们会被积雪埋住的。

有多少个早晨、中午和夜晚，我在这条街上来回走过，在这条路上留下了多少脚印？小时候，我身体灵活敏捷，可以闪电般穿过都柏林的车流，马车、自行车、运奶卡车，等等。横穿马路。现在却是磨磨蹭蹭。真像个呆瓜一样，乔先生。在上东区。这个生命里有许多内容。还有很多回音。

——没关系。

莎莉的手已经稳稳地放在他的臂肘上。紧紧抓住所剩无几的肌肉。拐杖在他的另一只手里，支撑着他，推动他往前走。为什么思想可以为所欲为，而身体却跟不上？如果能仅仅作为大脑生活一阵，该是多么美妙。待在一个罐子里，从那里目睹一切。不用管这个疯人院里的清规戒律。一种纯粹而洁净的生活。在一个架子上。在一排架子上。而不是被困在这里，在雪地里滞留，注视着那个小红人一闪一闪，那个新泽西的女人怒气冲冲，听着她狂按喇叭，而她的身后是整个纽约城。

——好了，女士，好了。

——安静！莎莉瞪着眼说道。

女人猛打方向盘，然后从他身旁绕过。车轮在结着薄冰的雪地里空转。岁月不等女人。特别是如果她来自特伦顿。或者韦恩。或者更糟糕，来自纽瓦克。仁慈的上帝啊，她可真着急。

也许急着赶去什么地方寻欢作乐，谁知道呢，甚至也许去跟他自己的儿子艾略特鬼混也未可知。那小子怎么就从没学会把他的那玩意儿藏在裤子里呢？

小红人终于静止下来。甚至也不发亮了。纽约大道的酋长。很久以前，信号灯是不是另外一种颜色？是不是信号灯上曾经有一只大手？也许现在还有？肯定有过“走”和“停”的指令。这很有纽约的做派，傲慢的命令，不容置疑。要么走，要么停。以前还有一个指示牌：在这里停车，想都别想。很久以前，他在地狱厨房里看见过一个指示牌，上面写着：在这里停车，× 你妈，你敢。真可笑，虽然语法上有毛病。在这里停车，你敢在这里停车吗？还是在这里停车，你敢 × 你妈吗？或者两者皆是？或者两者皆不是？或者介于两者之间？

哦，阁下，这无关紧要。只需穿过马路就对了。所有的温布尔登规则都废除了。

又是刺耳的嘟嘟声。第八十六街另一边的车流开始朝他涌来。出租车里的锡克教徒。把车开稳了，拜托。仁慈的上帝啊，他的膝盖剧痛难忍。肩膀突然一阵发紧。臀部感觉似乎沉在了水泥地里。我们曾经年轻过，莎莉。这就像在渡过冥河。

一脚一脚地往前迈。这才是你应该考虑的。一步步来。

就像老年戒酒互助会。又是一道马路牙。快把吊车借来。要不惜一切代价避免刮蹭。千万不能陷在冥河里。

哈利路亚，感谢上帝，他走到了马路牙上，靠住莎莉站稳身子。两人现在都有点儿呼吸急促。

——如果他们是中国人，情况还会更糟。

——嗯，嗯，她说。

——这是个众所周知的事实。中国人的驾驶记录最差。我也搞不懂为什么。他们都是好人，但绝对不会开车。

——是吗?

——如果碰到一个来自新泽西的中国人，你赶紧系好安全带。

——您可真幽默，乔先生。

显然，他并不幽默。她脸上一丁点笑意也没有。站在这外面瑟瑟发抖。她对此十分地不习惯。在纽约待了二十年，她骨子里仍记着加勒比海的阳光。他应该邀请她共进午餐。她一直陪伴着他，每天陪伴，他把丹迪尼奥打包的剩菜带回家给她。她很喜欢。把它们打开。把食物放在一个盘子里。用微波炉热一下。坐在那里，对着她的小电视机看一夜肥皂剧。她的生活很艰难，莎莉·詹姆斯。此时此刻，他真想看到她脸上露出灿烂的笑容。开始新的美好一天，把严寒全部驱散。但她一心只想送他过马路，拖着他去完成他的午餐仪式。

——我们走吧。

像拖船一样往前挪。花店，巧克力店，香水店，古玩店，葡萄酒店，手包专卖店，干洗店：现代人类所需要的一切。

卷上去，卷上去。生活的百叶窗。

今天街上几乎没有什么行人。几个送报员和两个推着婴儿车的行色匆匆的母亲。一个勇敢的慢跑者穿着短裤，在大马路上奔跑，就好像这是八月天。永远搞不懂这种慢跑现象。胸毛，发箍。偶尔两者兼有。八月里的雪。一个好人写过一本书就叫这个书名，他叫什么名字来着，以前还编过报纸，爱过杰姬·欧，至少有过这种传言，要么就是她爱过他？

一边是莎莉，一边是拐杖。头上戴着帽子。大衣漂亮又暖和。肚子咕咕叫，已经做好准备。一个男人还想要什么呢？艾琳，艾琳，艾琳。

我讨厌那个，真心讨厌。人行道上星星点点暗藏的狗屎，像一顶顶帽子。像小小的宽檐帽。而且总是在冬天。真是丢脸。其实只要一个打包袋，轻轻撮一下就可以搞定。撮起小帽子，丢进垃圾箱。

登陆啦。褐色和橘色相间的遮阳篷。大大的平板玻璃窗。橱窗里印刻精美的文字。打褶儿的小窗帘。圆灯盏的柔光。一个家以外的家。皮特·哈米尔，就是这个人①。

——当心，乔先生。留神脚下。

他们在手包店外面停了片刻，他朝她探过身，看见她长长的眼睫毛上挑着一片雪花。

——我什么时候来接您，乔先生？

——艾略特会陪我走回去。

——您确定吗？

——确定。

---

① 指上文里主人公记不起名字的那位作家。

——确定了确定?

——确定了确定[1]，莎莉。

要一连说多少遍确定?爱情喜爱爱上爱情[2]。那片小雪花栖息在她的眼睫毛上。美人来来去去。

——知道吗，我从来没问过你，莎莉。

——什么，先生?

——你喜欢什么?三文鱼还是牛排?

她眨眨眼睛，雪花不见了。眼睫毛。空中跳台。他为什么总是只给她带剩菜呢?她凭什么只能得到岁月的渣滓，还有纸尿裤呢?他应该给她买一份完整的套餐，让丹迪尼奥专门打包了带回来。或者更周到一些，让她打扮一番，带她出去，为她庆祝，她是个好人，莎莉·詹姆斯，照顾着她那漂亮的小侄子，好像是在士嘉堡，如果我没有弄错的话，啊，我想起来了，肯定是多巴哥，不是特立尼达。

——哦，您就别为我担心了，乔先生。她说，我没事。

——或者一块巧克力蛋糕?

——您真好，乔先生。

然后，她吻了一下他冰冷的面颊。

---

① 原文是“Sure sure ?”。
② 原文是“Love loves to love love.”。

七

哦，哈达姆的瘦男人们，

你们为何幻想金色的鸟？

你们没看见那只黑鹂

在你周围那些女人的脚边

走来走去吗？

家用蝇眼是进化设计的杰作：它几乎有三百六十度的视角，无论光线多么微弱，都可以拼凑一个完整的图像。它的复眼像一个复杂的蜂房。它的视网膜是个凸曲线，上面点缀着数百个六角形感光器。眼睛的每个透镜——有支持细胞、色素细胞、角膜——都能自己收集光线，创建一个深邃的视觉图。

蝇眼可以在阴影中发现物体的运动，并能比人类更清晰地分辨出远处的物体。形成光、色彩、图案和速度的复杂拼贴画面。蝇眼看到的图像，在它的大脑中被打碎融合。镜头越多，分辨率越高。

在显微镜下，昆虫的眼睛看起来像一件精美的艺术品，如同清真寺墙上的瓷砖，或我们尚未发现的一座行星的曲线。

通过一个简单的家用蝇眼，可以在一个纳秒内看到红辣椒餐厅里的所有复杂情况，摆放成菱形的餐桌，步入式冰柜的门正在打开，刀子疯狂地切向胡萝卜，折叠的餐巾，正在调整咖啡机曲柄的小工，经理面向墙壁偷偷调整一下裤裆，面包篮在取餐处的托盘里滑过，女招待用铅笔碰碰舌尖，死者的盘子从桌上被收走，热油从锅里迸溅出来。

事实上，红辣椒餐厅总共有十二个摄像头，隐蔽地藏在餐厅的各个角落。这套系统已有两年历史，能支持十六个摄像头，还有四个摄像孔虚位以待。更新的软件有 1 tb 的存储空间。良好的压缩效果、分辨率和每秒三十个图像的全运动帧率。这种系统非常高级，视频技术人员可以远距离输送数据，并在现场以外进行查看。

这是一家很有名的餐厅，口碑极佳，位于上东区。长长的红木吧台。沿墙镶着深色木板。地板是硬木的。桌子上方的天花板上挂着许多彩色玻璃灯罩的吊灯。餐厅以意大利菜和出人意料的南美风味而闻名。酒单很长。服务无可挑剔。餐厅的特色菜是布兰奇诺，加芒果和胡椒微微烤过。最受欢迎的甜点是提拉米苏，配以淡淡的卡恰卡酒。午餐时间的客人们通常都很安静，很有品位：用餐的淑女。

数字侦探们退出了十二个摄像头组成的矩阵，开始一张张地单击图像：厨房，经理办公室，女招待区，餐厅，员工衣帽间，后院。他们将这些图像分层、标注、拆分，寻找细微的违和之处。检查时间显示是否准确。放大，缩小，建立一个档案，仔细查看接近谋杀时间——下午两点十九分——的画面，寻找任何异常的动向。

画面上，存衣柜的女服务员劳拉·佩德森拿着登记簿。画面上，负责剥牡蛎的卡瓦洛在磨刀。画面上，大厨查德·麦肯齐在整理白色厨师高顶帽下面的头发。画面上，经理克里斯托弗·伊格尔顿在翻看一个写字板。画面上，佩德罗·希门尼斯在洗碗台那儿。画面上，一把叉子掉在厨房地板上。画面上，餐厅门打开了。画面上，男招待丹迪尼奥把门德尔松引到餐桌旁。画面上，门德尔松用餐巾擦拭嘴唇。画面上，艾略特平静地啜着他的赤霞珠。画面上，女招待罗西塔·伍斯特豪森在键盘上敲击订单，然后在交票前几秒隔着衬衫捏捏乳头，这是一个增加小费的妙招，非常可靠，屡试不爽。

还有一组镜头是红辣椒餐厅的门厅，显示了门德尔松从到达餐厅到告辞离去的画面。

有很多人需要关注——特别是艾略特·门德尔松。他姗姗来迟，穿着大衣，戴着围巾，大高个，显得鼓鼓囊囊。他们用八倍速注视他和父亲一起用餐——用餐巾轻轻擦拭，将叉子快速送到嘴边，倒酒，看不出有任何争吵。他们放慢了视频播放速度，看着艾略特随意地走向前门，戴上他的羊毛帽，走进外面的暴风雪中，仍未发现他有任何可疑之处，没有发信号，没有点头，没有眨眼。他离开时是一点五十二分，距谋杀案发生还有二十七分钟。不过，许多谋杀案都是家庭成员蓄意而为，而且侦探们不能排除同谋的存在：艾略特看上去显然不大可能作案，尤其是他在午餐的大部分时间都只顾忙着打电话。

然后是佩德罗·希门尼斯，他在谋杀案发生之前的四分钟和之后的五分钟不在洗碗池边。五十七岁的佩德罗没有犯罪记录，也没有从事过暴力活动。两点十二分，侦探们看见他和男招待丹迪尼奥站在金属的大水池旁激烈地争论，水池上方是布鲁克林旋风队的海报。佩德罗脱掉围裙扔在地上，丹迪尼奥一把抓住他的肩膀，这些画面看着很有意思。两人互相推搡较量了一小会儿。后来他们接受询问时，侦探们才发现丹迪尼奥是巴西人，佩德罗是哥斯达黎加人，他们搞了个南美足球博彩池，赔付的计算出了些错误。佩德罗告诉他们，谋杀案发生时他在洗手间。当然，洗手间没装摄像头，但是他们确实捕捉到他在走廊里往洗手间的方向走，这似乎是一个足够充分的不在场证据。

莎莉·詹姆斯也被加了标签，不过并不当真。他们把录像倒回去，回到先前红辣椒餐厅外的角度。他们注视着那个死去的男人，当时还活着，莎莉在他身边。他步履蹒跚，对地面上那层薄薄的积雪心存疑虑。每一步都很迟疑，生怕摔倒。一阵风打在他脸上，使他动容。因为角度问题，他的身体微微有点倾斜。他们像演员一样进入画面，完成动作。侦探们把图像停住、放大，让画面定格，接着慢动作向前播放。两人在餐厅门口停留。她亲吻他的脸颊，门德尔松放开护工的胳膊，拖着脚往前走，肩膀一高一低，然后在餐厅门口停住脚。一片雪花吹到屏幕上，短暂地挡住了他。

侦探们提醒自己，要检查一下门德尔松的遗嘱最近有没有改动，这种事在护工或管家的案子中并不罕见，尽管莎莉·詹姆斯似乎不像是那种人。

这就是警察所说的榴霰弹案件——弹片溅向四面八方。可能是认错了人。可能是仇杀。当然，也可能是随机性的精神病发作：一个无家可归的人突然有点精神失常，或者一个逃亡的强盗陷入绝望。但是钱包没被拿走，手机也没被偷。侦探们的重点是找到焦点，找到那些推动拳头的肌肉。然后顺藤摸瓜，通过韧带找到骨头，并最终找到挥出那一拳的原始时间。

几种想法并存总是没有单一的想法更具说服力，因此他们把主要焦点集中在了艾略特身上——肯定存在疑点，只是目前还没能找到：儿子谋杀父亲，绝对不是什么罕见的事，它发生的频率远远超过任何人的认知。

艾略特离开后，门德尔松等待着，小口喝着葡萄酒。他腿脚有点不稳地站起来，去洗手间，回来后不紧不慢地吃甜点。 他用信用卡付款，在账单上签名，穿过一排排空桌子。女招待和存衣柜女服务员都协助他穿大衣。侦探们真想叫她们停下来，去做另一件完全不同的事，让门德尔松坐下来，请等一等，不要动，让地球停转，不要做他正在做的事情，用慵懒去改变世界运行的轨迹。

鼠标一点，他就走了。最令他们沮丧的是前门休息室的室外摄像头。角度很完美，但他们只看到门德尔松走出来，进入暴风雪中，他猛拉衣领，用拐杖敲打地面，停了一停，看不出是在生气，继续往前走。三十七秒后，他跌回到画面中，帽子从头上旋转着飞出去。他猛地砸向地面。他们看到，在很短的一刹那，袭击者进入了画面。一个黑乎乎的身影弯下腰，似乎对门德尔松说了句什么。棒球帽，宽松的夹克衫。夏天破案总是要容易得多——没有帽子，没有围巾，脸也不被遮住。但现在是冬天，那是一个无法确定种族的人，即使把画面放大也难以判断，模糊不清，一晃而过。他嘴上似乎裹着一条围巾，头戴的帽子上印有花体字母，可能是一个“B”或“8”，以及一个“C”或“O”。他们进一步增强画质，剪切，复制，发送给视频取证科。四分之一秒的数字录像——每秒三十帧——他们得到七点五帧帽子的图像。经过四个小时的仔细研究，他们得出结论，帽子边缘上绣的字母是“B.C.”。侦探立即去查谷歌，看艾略特是否上过波士顿学院（Boston College），但艾略特一直是哈佛的学生。不过，行凶者在扬基镇戴一顶波士顿的帽子，倒是很有胆量。

他们尽可能彻底地分割屏幕、筛查图像，用实际速度只看那些关键时刻。其余的都加快速度，因此画面呈现出默片的特质，门德尔松迅速吃完，穿上外套，拄着拐杖踉踉跄跄地往门口走，然后他们便放慢速度，注视他走到外面，从镜头中消失，又重新出现，在摔倒中静止，一秒钟后再次静止，他的脸在惊讶地倒吸气：你敢打我，然后他的脑袋在一摊黑色血泊中裂开。

员工入口处位于麦迪逊大道以南十码的地方，没有摄像头，是一道简单的金属门，进去后经过洗手间，通向厨房。还有一个角度能看到袭击现场，是第八十六街和麦迪逊大道的路灯杆上的交通摄像头：视角宽广，可以从交通控制处远程获取。画面质量不佳，但范围很广。换了其他任何一天，它都会补充餐厅摄像头的不足——川流不息的出租车，成群的破旧大卡车——但是今天大雪直接吹向镜头，遮挡了画面，开始是几滴雪珠在镜头上融化，然后逐渐增多、聚结，形成一层白色的帘幕。起初，雪花因镜头的热量而融化和蒸发，停留片刻，水珠顺着屏幕流淌。然后雪花以更快的速度到来。它们堆积，叠加，向上隆起，挡住摄像头，像一群暴乱分子在遮掩犯罪现场。在谋杀案发生时，唯一能透过雪粒看到的是即将驶来的汽车的前灯，汽车驶向大道时，灯光很小，如同幽灵。没有人影。没有面孔。没有戴棒球帽的男人。没有袭击者在街上奔跑的画面。

袭击发生后的片刻，这些雪粒吸收了警笛的蓝光和红光的模糊旋涡，直到最后街道被封锁，画面变成了静态的车灯图像。没有声轨，但是侦探们几乎可以听到焦躁的汽车喇叭声，直到“谋杀”一词开始在被困的汽车中渗透，它们才沉默下来。

侦探们在附近的商店和银行寻找摄像头，但是没有一个角度是对准红辣椒餐厅正面的。而他们知道答案肯定藏在某个镜头里，也许，在麦迪逊大道的诸多商店中可能会发现另一个摄像头，或另一个见证了这一天的数字眼。这是个简单的逻辑——罪行已经犯下，因此答案必须在某个地方、以某种方式被找到。没有任何事情是绝对无解的。这是显而易见的物理定律。事情一旦发生，准能弄个水落石出。难就难在必须做大量的工作去筛选镜头。就算他们瞥见了一个戴着 B.C. 帽子的男人——在列克星敦大街上的地铁里，或者正快速离开现场往市区走——他们也没有任何证据把他跟那一拳直接联系在一起。

一首诗能将读者变成共犯，同样，侦探也会成为谋杀案的帮凶。但是，跟诗歌不同，我们希望谋杀案能够彻底破案：当然啦，假设这真的是一起谋杀案，或一首诗歌。

八

我知道高贵的音调
和明晰的、无可逃避的韵律；
但我还知道，
我所知道的一切
包括那只黑鹂。

他走进来，像个愤怒而烦恼的圆球。手机贴在耳朵上。不用说，又有麻烦了。他在存衣处脱掉大衣。融化的雪水滴在地板上，形成一大片星群。存衣柜的女服务员盯着他看。他解开围巾，露出一个可以对折好几下的脖子。艾略特有点像那种年迈的海豹，既威风凛凛，又动作迟缓。他摘掉帽子，露出大秃脑袋，然后竖起一根手指，冲餐厅做了个手势，意思是：等着我，但别指望我会抓紧。他转身离开存衣柜女服务员，把一只手盖在手机上。真是个很要紧的电话。他的弯腰里透着愤怒。他身上有一种爱尔兰人的特质。面色发红，青筋暴露。艾琳的良好基因哪儿去了？也许都遗传给了卡佳。这种事情真奇怪。我们并没有变成经历丰富的父亲。而是变成了我们自己儿子的儿子。发生在他们身上的事情，到头来也会发生在我们身上。我的儿子在餐厅的那个角落，冲着手机嚷嚷，我坐在这里，端着一杯水，注视着，事实是我不可能比现在更爱他，也不可能比现在更讨厌他——父亲的诅咒。拜托，有没有人能悄悄让他闭嘴，把他领到我最喜欢的这张桌旁，然后他就能跟我握手，说不定也会吻一吻我布满老年斑的额头，说一声你好，无声地坐进他的椅子里，又成为当年那个讨喜的孩子？也许大雪会使手机信号中断，我们可以平静地坐在一起，上次我们互相认真谈话，而不只是说笑打诨是什么时候？什么时候，哦，什么时候我对他说过一句真正有意义的话呢？

他伸手去拿水杯——谢天谢地，他看见艾略特挂断了电话。快过来吧，儿子，你是在无事忙，我的生命又被浪费了十五分钟。

外面，雪真的越下越大。纷纷扬扬的雪花横扫街道。Mach schnell①，儿子。快过来吧。

房间那头，艾略特又竖起一根手指，这次是表示歉意，至少看上去像是道歉，然后他又开始拨号。

哦，真没教养，我的女招待是哪一位？想不起来了，虽然她已经到我桌边至少来过两次。是那个高高的金发女郎，还是那个矮矮的金发女郎，还是那个不高不矮的金发女郎，还是那个梳马尾辫的中等个头的金发女郎？看来，这位新来的经理在染发公司也有股份。

他在椅子里转过身，朝房间那头扫了一眼，果然，那个中等个头的金发女郎笑容可掬地过来了。她们一年比一年漂亮。不知是因为遗传，还是因为老年人的视觉问题。

---

① 德语，意为“快点”。

——有何吩咐，门德尔松先生？

——我想要一杯桑舍尔，亲爱的。

——没问题，先生。

——再来一杯赤霞珠，给那边那个大块头。

——您说什么？

——我儿子。

——哦，没问题，先生。

她调皮地一笑，转身朝吧台走去。哦，看在老天的分上，艾略特，快挂断电话，别再让我难堪了。苹果的诱惑，夏娃的荣耀，亚当的困惑，今天我这是怎么了，老想起伊甸园？我还是跟我的黑莓相伴吧，挂在藤上的黑莓，对了，不知道伊甸园里有没有黑莓，作为苹果树的陪衬，咦，我的手机跑哪儿去了呢？他拍拍口袋，手机不在。肯定留在大衣里了。音量调得很高，如果我没记错的话。还是调在振动上了？如果那玩意儿突然从远处响起铃声，可就尴尬了。今天餐厅里只有六位顾客，但那只会使铃声更显得刺耳。拜托，千万别让它响。把音乐放大一点吧，丹迪尼奥。真好笑。是门德尔松。第四交响曲。从喇叭里渗出来。音乐悦耳、干净、冷静，但他仍能听见他那怒气冲冲的儿子对着手机咆哮。曾经有一个时候，艾略特是个讨喜的孩子，天生一张巧嘴，但是后来这些优点慢慢消失了。到外面雪地里去打电话，艾略特。如果你妈妈在这里，准会大步流星地走过去，给你点厉害瞧瞧。话说回来，我们究竟给了自己的孩子什么呢？恐怕就是让他们有能力不变成我们这样吧。如果我们都是彼此的副本，世界该是多么可怕。几乎可以肯定，艾略特不像他的母亲，也许我必须面对这个事实：他更像我，这对他、对我都是一种遗憾，也许对其他人来说也是。

她来了，手里端着托盘。香汗淋漓：是玻璃杯，不是女招待。饮料倒得也很慷慨：饮料和女招待都是。

——你今天看上去美极了，姑娘。

她手腕内侧有一小块蓝色的颜料。也许是个画家，她们都有第二份工作。抽象派，毫无疑问。布鲁克林风景，干净、准确，有一个漂亮的圆旋涡。

——谢谢您，门德尔松先生。您也打扮得很帅气。

哦，这么快乌云就消散了。从纸尿裤到很帅气①。而且她还知道我的名字。看来很真诚：她不只是说空话忽悠人，就像一半的服务员每天所做的那样，说些单调的客套话，很高兴见到您，祝您愉快，您还在那儿工作吗，先生？我是在吃饭，姑娘，不是在工作。这位中等个头的金发女郎有气质、有品位、有魅力。她说话不是有口无心。他付小费的时候可别忘了这点。他真的看上去——那个词怎么说来着？——哦，从悬崖上掉下去了，消失了，古老的意第绪语，犄角旮旯里还留了几个，偶尔会像万圣节苹果似的冒出来，但那个词是什么来着？消失了。不过，他看上去很帅气，没错。布鲁克兄弟牌的衬衫。莎莉挑选的古驰领带。裁剪精美的西装，是弗兰基·沙塔克亲手做的，就是那个年轻的拳击手兼裁缝兼士兵兼海员。纽约最顶尖的西服制造商。精致的裤缝。漂亮的领口。丝绸的衬里。佛靠金装，人靠衣装。几十年前，他被选入巡回法院时，立刻去了裁缝店，请弗兰基的父亲给他做一件像样的法官

① 在英语里纸尿裤（diaper）和帅气（dapper）音近。

袍，那件衣服精美绝伦，完美无瑕的针脚，恰到好处的口袋，肩膀处那么贴切，里面不松不紧，打招呼和敲木槌都很自如，farpitz——就是这个词，没错，farpitz。后来他被选入最高法院，又去做了一套裁剪更精美的衣服。如今已经不在世了，弗兰基的父亲。我们都像晨露一样消失。我们的意第绪语也是。

——天气真糟糕，女招待说。

——我小时候，雪下得比这大十倍。

这根本不是实情。他只记得维尔纽斯的夏天。

——我来这儿之前，没见过一片雪花，她说。

——澳大利亚？

——不是。

——新西兰？

——不是。

她在跟我逗着玩呢：南非？

——津巴布韦，她花枝乱颤地说。

哦，逗着玩，磨时间。这是怎样一座城市啊。总是让我感到惊讶。一个罗得西亚的金发女郎，在一家意大利餐馆，招待一个波兰出生的立陶宛犹太人，还有几个墨西哥男招待在周围晃悠，随时准备扑过来。当然啦，丹迪尼奥，那个来自巴西的非凡的男招待，正在餐桌间优雅地走动，而我那大块头秃脑袋的美国儿子，正在存衣柜那儿对着手机啰嗦个没完。

——你叫什么名字？

——罗西塔。

——啊，谢谢你，罗西塔。

对于一个来自非洲的女孩来说，这名字不很常见。她微笑着后退离开。他朝敏捷地过来给他续水的丹迪尼奥点点头。

——今天很渴吗，先生？

——都怪外面太热了，年轻人。

丹迪尼奥倒水时派头十足，一只手始终背在身后，似乎在用整个身体向水杯表示敬意。不怕把双手弄湿。一个多面手。八面玲珑，左右逢源，半个管家。他打包剩菜的手艺远近闻名。一位铝箔艺术家。这本事不可小觑。不能报以嗤笑。铝箔折叠大王。用餐者不管想要什么形状，他都能炮制出来——天鹅，海豚，奶牛，鹤，长颈鹿。不出几秒钟，剩菜就成了一件艺术品。其实就是个打包袋。孩子们特别喜欢，用餐的女士们也喜欢，还有那些晚归的商人，回家时胳膊底下夹着一个奇异的铝箔动物。几年前，市中心还办了个展览，专门展出丹迪尼奥的铝箔雕塑。

——今天您感觉如何啊，先生？

——百万身家。老朽皱巴。

丹迪尼奥脸上露出宽容的微笑：他以前听过这个梗。

——还要点别的吗，门德尔松先生？

——暂时不需要了。其实在等我儿子呢。

——啊，明白。要点面包吗？

——谢谢，丹迪尼奥，但是我要保持体型呢。

他终于来了，笨手笨脚地走过来，不像是练过花样滑冰的，不是碰到桌子就是撞到椅子。边走边把手机收起来。他仍然很有活力，丝毫不显得渺小或低微，那是肯定的，三个门德尔松同时在场，父亲，儿子，交响乐。

——老爸，他说，语气突然变得温和，同时一把抓住父亲的肩膀。

他添了些体重，这是不用说的，但仍有一双好看、明亮的眼睛，形状跟他母亲的一样。跟我说说她吧，儿子，用暴风雨般密集的话语。

——艾略特，认识一下丹迪尼奥。

——幸会，先生。

——幸会，达维多。

艾略特抓住丹迪尼奥的手，煞有介事地握了握。他会成为一个杰出的政治家，虽然总是把别人的名字叫错。衣着也很考究。金领带夹。直领衬衫。裁剪精致。

——艾略特·门德尔松，他说，巴纳基金。

丹迪尼奥才不会关心那个巴纳基金呢，可是这个巴西人迟疑了一下，然后把手伸到艾略特的椅子后面，礼貌地抓住椅子往里推了推，也许根本没有往里推，因为艾略特块头那么大。艾略特在椅子里动了动，就好像那是一匹危险的马。桌子微微抖动，镀银餐具叮叮作响。

——谢谢，达维多。

丹迪尼奥脸上的表情怪怪的，似乎有什么在他脑海里奔腾，一匹野马，一头公牛，一只熊。丹迪尼奥有可能在思考吗？天知道。如今，最匪夷所思的人都进入市场开始交易了，谁知道一种生活背后还有另一种什么样的生活？也许丹迪尼奥在布鲁克林的什么地方有一座漂亮的大豪宅，镀金门把手，游泳池，一个杰辛塔那样的妻子，要什么有什么，刮脸镜周围闪着“纳斯达克”字样的霓虹灯，比这更离奇的事情都发生过，哪怕是一个上了年纪的男招待。

——一家很有实力的公司，先生。

——你在里面有投资吗，丹迪尼奥？

——哦，没有，先生，不是我，门德尔松先生。我只是认识一些人。

——谁又不是呢？艾略特说。

丹迪尼奥点点头，后退着离开。

菜单翻开。餐巾打开。日常的说笑寒暄。见到你真是太好了，儿子。天气真糟糕。对不起，我来晚了。一大堆含混的借口，声音大过意思——他被工作缠住了，在莱克星顿被拦截，有一笔生意半道出了娄子，最近他真是泥足深陷，时间，时间，时间。

男人找借口，就像上好的葡萄酒——年头越久越老到。

——我擅自点了酒水。

——谢谢，老爸。

——给你要了一杯赤霞珠。

罗西塔朝艾略特探过身，把红酒放在桌上时，艾略特假装不盯着她看。她双手放在小腹上，报出店里的特色菜。姿态很有范儿。手腕上那一小块蓝色：可谓锦上添花，像波斯地毯上一个打错的结。

——谢谢你，罗西塔。

莳萝汁三文鱼给他自己。三分熟的上等腰肉牛排加芒果酱给艾略特。没有开胃菜。直奔主题。她在一个蓝色的小本子上记下菜单，扑闪几下眼睫毛，走开了，没错，一位画家，毫无疑问。真是条三文鱼。看着她游向上游，两侧漾开漂亮的涟漪。

——妩媚，艾略特说。

这孩子经常口出妙语，最近听说艾略特在竞选公职，毫无疑问是自取灭亡，即使对他这样一个效率专家来说——他们会把他嚼个稀巴烂再吐出来，把他冷冻封干——可是谁又能责怪野心呢？此刻我们坐在这里，叮叮地碰杯，扎入那潭陈旧的浑水，父亲和儿子，杰辛塔好吗？家里怎么样，卡佳有消息吗？莎莉没事吧，你用那个电动轮椅了吗？你吃得好吗？你看过马里奥医生吗？

红酒喝到一半，艾略特的手机响了。

——抱歉。

一个女人的声音从各种噪音中响起。艾略特语速很快，口气简慢。是的，不幸，我现在不能多聊，绝对不行，她没那个意思，算了吧，我说了我现在不能多聊。

他关掉手机，说："去他妈的。"

艾略特把手机压在桌上，用手指按了几个键，一位钢琴演奏家，虽然大手肉乎乎的，却也是键盘高手。

——你是个大忙人，艾略特。

——都是工作上的破事，对不起。永远没个完。

——女人的麻烦？

——她们谁不麻烦？

这话说的，他真该挨一记狠狠的耳光。幸亏艾琳不在这里，不然准会教训他一顿，押着他进卫生间，用肥皂给他洗洗嘴。

——我的秘书。

——明白了。

——只能解雇她了。

——真是遗憾。

——她想起诉我。

——那可不好。

——这些人都是得寸进尺。骚娘们。

一个刺耳的词。像一颗子弹。往伤口上撒盐。骚娘们。一个外来词。除了金发女郎，艾略特一向对拉丁姑娘也情有独钟。

——听上去很复杂。

艾略特朝远处瞟了一眼。他眼皮微微颤动，嘴唇扭了扭。很难忘记他曾经只有六岁，在长岛的海滩上，穿着蓝色短裤，肩膀上有一块干了的沙子，靠在他母亲的肩上，手里拿着一个三明治，艾琳搂住他的腰，海浪翻滚着冲上岸，那时候他还是那个仿佛天赐的小男孩。

又来了，闪光，摇晃，在桌上振动，这是什么，偷拍相机?

——抱歉，老爸。

——哦，没关系，接吧，快接吧，真的没关系。

其实有关系，关系大着呢，离没关系差着无数个光年——拜托，儿子，懂点规矩，把手机关掉，好吗，把艾伦·芬特锁在厨房里，笑一笑，你是舞台上的明星，哦，今天我的脑子像个蹦床，是艾伦·芬特，对吗？那些昔日的好时光啊，那么简单，至少看起来很简单，我们一起围在电视机前，看夜场表演，又高又瘦的艾略特在地毯上四仰八叉，卡佳蜷缩进她的懒人沙发，他和艾琳坐在配套的扶手椅里，房间温暖舒适，炉火点燃了，还有固定在椅子扶手上的烟灰缸，那会儿他抽烟斗，我不知道有多久没碰过烟斗了，香烟的气味也好几年没闻了。

这次低语的口气很坚决：我跟你说过了，我在吃午饭呢，别再给我打电话说这些废话了。

然后俯身去拿酒杯：抱歉，老爸。

——你记得吗，过去餐厅里允许抽烟？

——你说什么？

——我在想，以前大家都抽烟。知道吗，我那个烟斗还在。就在卧室里。

——现在没人抽烟斗了，老爸。

——你还能闻到斗里的烟味儿。只要把它凑到鼻子前。那气味留在里面。

艾略特又低头看了一眼手机。现在还有什么残留不去呢？其实我想跟你谈谈以前跟你妈妈共同生活的日子，那时候我们都在一起，生活滚动向前，那么缓慢，一天又一天，我们为什么要把过去复杂化呢，它不就是烟斗里的烟？然而我们在这里，听你闲扯骚娘们，胡诌另一个迟到的理由，但肯定还有别的可聊，是不是，儿子？我是不是应该再试试写我的回忆录？我是不是应该给莎莉·詹姆斯涨工资？你要不要再来一杯赤霞珠？你到底打算怎样填满那五个车库？人在那么大的地方，会不会被一氧化碳毒死呢？不，不，别的不用说，你只告诉我这件事：你想念你的母亲吗，儿子？或者告诉我这件事：你还记得我们在海滩的蚝湾酒庄的日子吗？或者告诉我这件事：你是否曾想起过她，哪怕伴随着一丝叹息？

得，又来了，那该死的手机在桌上野马奔腾。房间那头射来几道目光。他不是我儿子，我发誓，他是外星人——现在他们把外星人做成大块头、蓝眼睛的美国人了。一位“用餐的女士”啧啧表示不满，女招待同情地偏了一下头。

罗西塔，玛丽安，快来救我吧，用车把我儿子推到雪地里，把他丢在那儿，拿上你的弓箭，仔细地瞄准，把那该死的苹果从他头上射下来，像罗宾汉那样，或者像威廉·巴罗斯那样。

艾略特探过身，以他偶尔特有的魅力说道：你不介意吧，父亲？这电话我真的非接不可。

你说什么？我当然介意。我们正在这里用餐呢，结果你只想没完没了地讲电话。曾经有个时候，你坐在厨房的小角落里，我们倚在一起做数学，四方形，二次方程式，两人离得别提多近了，两个数相乘。我们有多长时间没有好好看过对方了，告诉我，儿子。我是个爱动感情的老傻瓜，我一腔的怀旧情绪，可是骨子里还是愤世嫉俗，而且我很想敞开心扉，不被打断地跟你好好聊聊，你能至少满足我这一点吗？

——没问题，艾略特。

——谢谢，老爸。

他在椅子里转向一旁，用手捂住手机，大金结婚戒指闪闪发亮。坏事不听，坏事不看，坏事不说。他手腕上戴着一个银手镯。为了驱走吸血鬼。但是对杰辛塔不起作用，这是肯定的。艾略特准是碰到什么事了，他能听到飘来的只言片语，这次是一个男人的声音，他把两个声音拼在一起，她被解雇了，完全公平合理，那是敲诈勒索，根本不可能，我要起诉她，她怎么敢，她以为自己是谁，她就是个该死的秘书，我才不关心她怎么说呢，听着，戴维，我正在餐厅跟我父亲一起吃饭，她休想，你能容我缓一小时吗？这绝对公平合理——该死，你就处理一下吧，好吗？——我付钱就是为了这个，她想打官司我们奉陪到底，×× 行政助理，快去办吧。

事情总是比表面看到的复杂得多。有多少女人朝艾略特抛来指控？喂，巴纳基金，艾略特·门德尔松办公室，有什么可以效劳吗？请给我在失业队伍里留个位置，我老板刚才骂我是骚娘们。

——抱歉，老爸，他又说了一遍，朝手机翻了翻眼珠，探身从桌上的篮子里拿了块面包。

别担心，儿子，我只是坐在这里等我那份莳萝汁三文鱼，让慵懒的时光慢慢流逝。

——我很快就完事，我保证。

他的手指头又忙活起来，面颊打着颤儿——他张着嘴，看上去张皇无措——他把椅子往后挪，餐厅里半数的人都看着他，满嘴谎言跑火车。

我到底是哪儿做错了，难道我毁了他的童年，难道我忽视了他，难道我给他念的书不对，难道我把他的小光脑袋摔在了地上？他少年时代过得很出色，没惹过太多麻烦。一个俊眉俊眼的孩子，抱回家的是曲棍球奖杯、辩论会证书、下棋比赛奖章。没有半夜打来的电话。没有被停课。没有被拘留。先去了艾姆赫斯特，然后去了哈佛，把自己混进了华尔街，韬光养晦了两年，玩金钱游戏，滚雪球，把球弄圆，可是现在再看看他，走过一张张空桌子，走向公共洗手间，一路被丹迪尼奥盯着。丹迪尼奥脸上露出一副奇怪的表情。他肯定见过不少顾客煲电话粥，甚至搞电话诈骗吧？也许餐馆有一条规定，禁止诈骗和电话粥？

我可以再要一杯桑舍尔，我那个中等个头的金发女郎呢，快过来，你叫什么名字来着，罗西塔，罗西塔，我的花茎，我的花瓣，我的刺。

九

当黑鹂飞出视线，
它标出许多圆圈之一
的边缘。

如果现实生活的逻辑跟文字一样就好了：人物有意识地行动，隐藏的原因变得明了，所有的事情都朝着一个单一的点运行，宇宙显示出其不可改变的稳定，一切都归为一个静态的形象，有控制，有秩序，有逻辑。在一个简单的世界里，这应该是个简单的犹太葬礼，然而门德尔松是无神论者，至少人们是这么说的，起码是不可知论者，尽管他无疑有点传统的味道，而且并不反对随机应变。他娶了一个天主教女人，孩子们在两种宗教间长大，门德尔松愿意时会承认自己是犹太人，大多数时候是立陶宛人，需要的时候是波兰人，被要求的时候是俄罗斯人，在很多方面是美国人，偶尔是欧洲人，拜妻子所赐，每隔一段时间又是爱尔兰人。其实是一条杂种狗，一个真正的纽约人，这个城市的人们永远不知道怎么死。火葬。蒸发。埋灭。按照正规的犹太仪式，他应该尽快安葬，可是还有尸检的问题，而且门德尔松的女儿从特拉维夫赶回耽误了一些时间，还要考虑他儿子的政治抱负，考虑他妻子艾琳葬在哪里，他的骨灰是否应该抛撒，他遗嘱里可能写了什么，有谁可能接触过他最后的遗嘱。

袭击发生后第五天的清晨，葬礼在阿姆斯特丹大道举行。积雪已变成泥泞，汽车驶入的路边有很深的水坑。车轮在坑洼里溅出悲伤的声音。这是一个高角度的宽镜头，画面质量很好：城里的每个殡仪馆都自有一套隐藏式监控摄像头。多年来，侦探们已成为葬礼的监视者。他们常常惊讶地发现，真人秀电视也没有比这更丰富的内容：里面的信息简直是挡都挡不住。生命在死亡中完结。遗孀屈膝下跪。或者没有下跪。儿子肩负棺材。或者没有肩负。父亲在女儿死后成为唯一所有人。或者没有成为。随鲜花一起送来的神秘便条。或者并未送来。拉比，神父，阿訇，牧师，和尚，对悼词进行微妙的推敲。葬礼是一条生命的指示器：仪式如何进行，流下多少眼泪，哭天抢地，撕扯衣服，有多少人愿意来送葬，事后逗留了多长时间，他们保持身姿的样子。有时侦探们甚至感到十分震惊，因为他们仅通过送葬者的服饰就能分辨出死者在性方面的某些偏好：下摆越高，死者的生活越有野心。这不能算一道数学公式，但是很多事情只可意会不可言传，我们对生命了解多少呢，我们只知道自己的生命，而周围人的死亡也使生命成为我们关注的焦点。

艾略特是全家第一个到达的。他从黑色豪华轿车中下来，有趣的是，他并没有走到车的另一边去搀扶妻子下车。他只是站在人行道中间，抬眼凝视殡仪馆的名字，仿佛想在其中读出一些深意。他看上去没有悲伤的痕迹，尽管胸口仍戴着一条扯断的黑丝带，这至少是对古老传统的一种姿态。他妻子顶着一头漂染的金发。她站在他身边，两人彼此靠近又貌合神离。她带着跟前夫生的三个孩子，他们从车上下来，就像是在登月，都是十几岁的男孩，都是蓬乱纠结的长发，看上去似乎已经对自己特有的慵懒感到厌倦。

艾略特朝他们点点头，看了看手表，查了查手机，一个心不在焉的男人。

女儿比艾略特晚到十分钟。卡佳·阿特金森。因悲伤和旅途劳累而眼圈发黑。她看上去年轻一些：也许五十出头。穿着深色裙子和相配的上衣。她显出几分凶悍和机敏。头发里已有了一缕灰白。她敏捷地跨过路边的水坑，朝哥哥走去。艾略特俯身在她脸上漫不经心地吻了一下。

兄妹俩一起走向殡仪馆，很快就淹没在几乎同时抵达的彬彬有礼的人群中：法官，办公室职员，邻居。公寓管理员和看门人，包括托尼·迪萨沃。莎莉·詹姆斯。至少一百个人。其中还有餐厅经理克里斯托弗·伊格尔顿和男招待丹迪尼奥，丹迪尼奥刚露面，就被认为是个非常值得怀疑的人：一个跑堂的怎么会来参加葬礼？

侦探们又返回餐厅的画面，但是丹迪尼奥没有离开过餐厅，一次也没有，他只是在洗碗台旁与佩德罗·希门尼斯有过激烈的对话，当餐厅外凶手挥拳出击时，他几乎毫无疑问是在餐厅内的镜头里。事实上，门德尔松跌倒时，丹迪尼奥是最早赶过去搀扶他的人之一。他接受询问时一直镇定自若，没有任何心虚的感觉，他充满感情地指出门德尔松是他最喜欢的顾客之一，总是把剩菜带回家给他的管家，小费给得大方，行为老派，很有礼貌，眼睛里仍闪动着一丝幽默。丹迪尼奥听到了老人的脑袋撞在人行道上的声音，但没有目睹挥拳出击的过程，他起初以为门德尔松可能只是在冰上滑倒，但随后立刻知道他已经死了，这件事太可怕了，他真心为他感到难过，死得太惨，他去参加葬礼表示敬意，这是一个基督徒该做的事情。

丹迪尼奥仍是个值得关注的人，但侦探们将他排除在外了。伊格尔顿也同样如此。

他们梳理葬礼的画面，寻找他们认为可能需要注意的任何面孔或肢体语言——他们拉近，推远，快进，回放，标出感兴趣的画面，然而，没有比中年跑堂者的出现更引人注目的内容了。

因此，就像雪花纷纷，就像诗歌的下一个要点，各种假设在屏幕上飘过，对立和冲突，侦探们看到了那么多可能性，它们五花八门，互相交叉，像一张犯罪动机的维恩图表，真实世界呈现出它所有的奥秘——因继承而谋杀，因嫉妒而谋杀，因报复而谋杀，因怨恨而谋杀，还是简单的随机谋杀？他们不能忽视这样的想法：此事可能与门德尔松的某个旧案有关，在纪念日重新浮出水面，或长期服刑后刚刚出狱，或搁置多年的一份旧恨，尽管门德尔松已从国王郡最高法院退休六年，侦探们无法锁定有哪个案件会给他留下这样一位长期潜伏的宿敌。他办过几桩黑社会谋杀案。尖叫的幻影，正义的德里格男孩，提克万多兄弟，龌龊之徒，先锋队，黑手党。黑帮的几个小人物，早期还与罗伊·德梅①有过接触，但没有定罪。几桩腐败案件。破门盗窃。劫车。上世纪八十年代后期一件备受瞩目的

① 罗伊·德梅（1940—1983），美国最臭名昭著的黑手党成员之一。

城市歧视案。这些年来数以千计的小案件。他在亚当斯街的走廊里很受欢迎。大家知道他与律师有过唇齿交锋，但都公认他是一位性格温和的法官，对犯人总是从轻发落。没有重要的纪念日。也没有最近从监狱释放的嫌疑人。谁会等待十年才来报仇？难道是莎莉·詹姆斯在麦迪逊大道上冲某人点点头，把他指给他看？毕竟，艾略特·门德尔松在公寓里安装摄像头来监视她，他知道莎莉会从遗嘱中得到慷慨的馈赠，去资助她的侄子接受教育。抑或是艾略特本人想尽快继承遗产？也许他遇到了一些财务问题？当他们询问他在餐厅接打的那几通电话时，他承认与他的秘书玛丽亚·卡西利亚斯有暧昧关系，最近刚解雇了她。也许他对父亲说的什么话感到恼火？愤怒在内心累积，突然爆发，这种可能性不是没有。或者他雇了某个人替他动手。或者也可能跟卡佳有关系？某个一心想破坏中东和平进程最后结局的家伙？但是，为什么在纽约而不是在以色列动手呢？为什么针对她的父亲而不是她本人呢？是不是门德尔松在离开餐厅时说了些什么，一句随口的评论，激起了某个路人的怒火？但是，不管是公园大道还是第五大道，甚至列克星敦，都没有其他事件发生，当他们查看地铁摄像头时，没有找到任何一个穿宽松外套或戴波士顿学院帽的人：袭击者似乎就这样人间蒸发了。

他们根据已知的一切，再次在脑海中梳理分析。他们希望经过筛选、审视、探究、解读和重新解读，每一个瞬间都会透漏出关于凶手及其所创造的世界的更多信息。他们一点点地推进，然后又把时间切分。他们回过头来，判断，重新设置。他们权衡、盘算，一遍又一遍地筛选。突破就在节奏间断的某个地方，就在语言的短暂复苏中，就在破碎的框架里。

最接近凶手的仍是餐厅外摄像头的那个画面，凶手穿着外套、戴着帽子，闪入镜头四分之一秒，极有可能是个男人，在俯身查看门德尔松的身体，也许想查验他是否还活着，也许想低声骂一句下流话。凶手抽身而去，离开画面，他们便再也没有他的信息。实打实地说，他只是一顶帽子和一个身影。片刻之后，丹迪尼奥朝老人弯下腰，然后是餐厅经理伊格尔顿，后面跟着女招待和存衣柜女服务员，几分钟不到，门德尔松身边就围了数十名路人，鲜血从他身上汩汩流出，帽子落到一边，打包的剩菜掉在地上，莳萝酱渗进了雪地里。

他们回放，锁定那个戴着 B.C. 帽子的凶手。真奇怪，竟然大老远的从波士顿过来。或者说，竟然在一个对手城市亮相。接着，他们灵光一现——就是那种奇怪的时刻，真相以锋利的小块突然出现，打开回声室，放出神经元的突触——他们突然想到，他们可能在错误的方向思考了太长时间，被自己的先入之见所迷惑，就像考古学家、评论家或文学专家，其实事情比他们想的简单得多，而且主要集中在凶手的帽子上，这是最可靠的一件证据，但也许根本不是波士顿学院的帽子，它可能有其他含义，不列颠哥伦比亚省（British Columbia），一支摇滚乐队，一部动漫，一篇 B.C. 连祷文，甚至可能是某人的姓名缩写，但也有可能是布鲁克林旋风队（Brooklyn Cyclones），一支小联盟球队，没错，是纽约幻想的主题，就是这种时刻，最小的蛛丝马迹也会成为关键，心中的疑虑不断扩大，因此，当侦探们在谷歌上搜索“布鲁克林旋风”时，他们意识到那些帽子确实与波士顿学院的帽子质感相似，C 与 B

编织在一起，两种帽子很容易被混淆，几乎一模一样，尤其是在颜色失真的视频画面中，唯一的区别是波士顿学院的帽子边檐上几乎都绣着一只鹰，他们不明白怎么会忽略这样一个简单的思路，是的，没错，肯定是旋风队，因为它离这里更近，也许凶手就来自布鲁克林，他们在调查过程中不是看到过布鲁克林旋风队的一份文件，有人穿着一件T恤或类似这种风格的其他衣服，那好像是一张海报，是的，一张海报，它是不是悄悄滑过他们的视线，当他们大海捞针地寻找时，是不是隐约记得曾看见过它？或者，是很久以前门德尔松在布鲁克林当法官时的当事人之一，仇恨再一次涌上心头，而他的马拉松案件里莫名其妙地涉及了旋风队？或者，这只是他们的想象，旋风队根本没有被提及？

在侦探们的手中，过去永不会停止。他们带着活页记事本，潜入过去，进入他们早先斟酌的诗句。

十

看见黑鹂
在绿光里飞翔，
就连声音悦耳的鸨母
也会发出刺耳的喊叫。

一杯太少，两杯绝对不够。亲爱的，请再来一杯桑舍尔，然后就不用管我了。亚历山大大帝知道何时何地停止。很久很久以前，他连喝五六杯酒不在话下，但那些日子已一去不返，他的军队早已偃旗息鼓。

在他年轻的时候，曾有过午餐喝三杯马提尼的奇特习惯。法院街的女王酒吧。百老汇的卢格酒馆。卡洛尔花园的马可·波罗餐厅。不过，富尔顿街上的盖奇酒馆和图尔纳餐吧才是最好的。阳光照进窗户。倾斜的光柱中飘着灰尘。刻骨铭心的时光。请来一杯酸橙汁加苏打水。当世上这么多人都灌足了酒，口无遮拦的时候，这个世界的体系还怎么运行呢？你永远不知道下午会怎样消磨。但是他当年在法庭上见识过一些精彩表演，律师们被杜松子酒点燃，可以讲出妙语连珠的辩词。在法庭上站起来，西装和领带有点皱巴，有点口齿不清，但仍然能够巧舌如簧地进行反驳。丹·巴里是他们中间最优秀的。还有德威尔。还有科恩。还有陶德。都是律师界的精英。他们早上思维最敏锐。他们的论点入木三分。到了中午，大家会变得心神不定。据说结案最糟糕的时间是下午，法官们心绪焦躁，急着回家。周一、周二的状态更糟，他们还远远没看到周末休息的盼头。然而他总是精力充沛，随时都能躲避枪管、大刀、剃须刀、切肉刀、无尽的警棍和破酒瓶。逃脱所有的磨难。似乎就在突然之间，那天响起了教堂的钟声，四点三十分左右再次响起，当时他坐在房间里，仔细研究证据，撰写判决，或在没完没了的文件上签字，这本身就是另一种形式的愚蠢暴力。醒醒，醒醒，你的日子快到头了。不再有强奸犯。不再有诈骗犯。不再有纵火犯。不再有盗窃犯。不再有跟踪狂。不再有粗鄙的警察。他就像拿到了自己的刑满释放小卡片。太阳正在落山，灯光正在亮起。他晚上从来不去寻欢作乐，而他们纷纷钻进布鲁克林的各个酒吧，P.J. 小馆，汉利之家，客栈酒吧，以及海滩边的巴斯兹酒馆。这些聚会的小团伙对他迁往上东区颇有微词，但他并不怎么介意，他没必要住在布鲁克林。他离开家去找艾琳，开车过桥，不坐地铁。反向通勤。看到太阳完全沉落是一件美妙的事，一片漂亮的红色阿司匹林，被城市缓缓吞没。他把车停在公园大道旁的车库里。她在厨房里等他，系着围裙，她掸一掸双手，上前吻他。他倒了一杯浓烈的苏格兰威士忌，直奔那把皮质扶手椅。过着这样两种分裂的生活，多么奇怪。他在椅子里打盹儿，醒来时艾琳热了一杯牛奶，那是他每晚必喝的。

偶尔，在感恩节、逾越节、圣诞节，他会跟大人物们在布鲁克林待到深夜，或者会一路逛荡到曼哈顿，去狮头酒吧，或麦克索利酒馆，他们中有许多人是爱尔兰人，抢着付钱。他们把他看成他们的希伯来犹太人：他的口音仍隐隐带有都柏林那些日子的痕迹，当然还有艾琳，大声读书给他听，把她所谓的晨醒酒转化为他的语言。爱尔兰的战歌是欢快的，他们的情歌却很忧伤。第二天早上，他们在蒙塔古街的特雷莎餐馆吃完早餐后，便到了法庭，眼皮周围有些发红，两面派，但依然可以全速运转。基南，罗兹，波特，麦克唐纳，朱维尔。各种形形色色的人物。他们注定要去天堂或地狱，但他们并不怎么在乎。他们四处奔走，从生命中提取生命。即使他们的客户有一半被判缓刑，甚至更糟，锒铛入狱，又有什么要紧？他们完成了自己的工作。他们的辩论很出彩。现在该喝威士忌了，生命之水。自己倒或别人给你倒。

为什么深远的过去充斥着各种人物，而现今却满目凋零、平淡无奇？福克纳不是曾说，过去没有死，甚至并没有过去吗？现在时时态真是个滑稽的东西。严格地讲，它根本不存在。一旦我们意识到了，它就已经消失，不再属于当下。因此，我们始终是生活在过去，即使在梦想未来时也不例外。这肯定是莎士比亚某一首十四行诗的主题，具体是什么我记不清了，海浪冲向海岸，我们不断加速的分分秒秒，我们暗中的辛苦。

哦，脑袋发晕。酒喝得太多了。愤怒的葡萄。一杯太少，两杯绝对不够。小时候的艾略特把单词记得很熟，上洗手间，上厕所，上盥洗室，上茅房，上茅坑，谁知道他们如今管它叫什么。走了十分钟，十五分钟。年轻人，请好好地照照镜子，然后跟我说说你看到了什么。他一直是个爱照镜子的虚荣的男孩子，特别是在大学时代，一有机会就侧眼自照，欣赏自己金色的长发。

真快啊，那个聪明的孩子变成了这个颓废的男人。一杯太少，两杯通常就够了。

不管怎么说，他总是被卡佳所吸引。那女孩不寻常。小时候就很难管。一名上东区的马克思主义者。十三岁剃了光头。一年后给自己弄了个鼻环。他们有几次一起去教堂时，她穿着切·格瓦拉T恤。她在送给黑豹乐队的几张支票上伪造他的签名。起初是二十美元分期付款，最后数额达到一千。他是从《纽约邮报》上一篇文章了解此事的。他不觉得有趣。他完完全全成了笑柄。他们在法院的走廊里开始叫他马尔科姆·X①。她十六岁生日时，寄出了自己的五百美元支票，但那时候新鲜劲儿已经过去，她开始把家里的瓷器丢出公寓的后窗户。带脚杯和碟盘丢出去了！甜食盘子丢出去了！分层的托盘丢出去了！完美无瑕的船形肉卤盘丢出去了！*革命万岁！*②谁还需要黄油盘呢？让我们看看纯银怎么从地上弹起来！听，大盘子在唱歌！院子就像一个回音室。她喜欢瓷器摔碎的漂亮纹路：显然好瓷器的标志是它能摔得多碎。他们住在六楼，所以有足够的时间听到爱尔兰口哨曲。楼下几个邻居打开窗户，大声叫她住手，但他们私下里一定对航海交响乐很感兴趣。住手，请住手，卡佳，住手。好吧，亲爱的，如果你非扔不可，就再扔个小咖啡杯吧，拜托了，亲爱的。

---

① 马尔科姆·X（1925—1965），出生于美国内布拉斯加州，是伊斯兰教教士、美国黑人民权运动领导人物之一。

② 原文为西班牙语。

仅仅两个晚上，她就糟蹋了价值几千美元的瓷器。最好的惩罚是根本不惩罚。他去亲吻她熟睡的额头。身为一名法官却不审判，至少没有审判自己的女儿。那时候的她简直是个军工联合体①。狂奔，狂吠，狂吼。说他和尼克松有明显的暧昧关系。弄得卡文·柯立芝看起来像个自由主义者。想知道他是否愿意为她班上的所有学生购买运尸袋。她说，这是政府服装。运尸袋没有口袋。她拿着大喇叭走上大街，五英尺二的个子，在都市的高楼大厦间尖叫。她说这就是西方式死亡。但是不管怎样，他们最终都会浪子回头。至少其中一些是这样。她去了西部的伯克利大学，在那里他们教她懂了些规矩，这令他很感意外。东方研究。写了她那篇关于托勒密二世的论文。光学课本。视觉是在大脑里而不是眼睛里产生的。那不是事实吗？然后去了国务院。在其他人发动战争的时候鼓动和平。她告诉他，为战争辩护很容易受到重视，但是为和平辩护则不然。一个机灵的小姑娘，卡佳，虽然她去了以色列，那是地球上一个绝对不可能出现和平的地方，至少在这辈子不会出现。除非你能把葡萄酒重新变成水。

——门德尔松先生，您儿子的盘子需要保温吗？

——没关系，罗西塔。

——您的三文鱼怎么样？

——哦，很好，很好。

说实话，他几乎一口也没有吃。这一天过得没有营养。

---

① 又名军工铁三角，是由军队、军工集团和部分国会议员组成的庞大利益集团。

应该自己吃午餐的，不该邀请艾略特一起用餐。一种已被接受的沉默，远比被迫忍受的沉默好得多。这无疑是卡佳学到的东西：沉默的力量。看不到和平，她很伤心。已经近在咫尺，却又突然溜走。他叫什么名字来着？阿拉法特。艾琳曾经低声说过：“不管……怎样……阿拉……法特……他……很……好。”她一向是个喜欢盖尔风情的女人。不要一次性提出你所有的祈求。

——这雪就一直下个不停吗？

——好像暂时不会停，门德尔松先生。

哦，“m”她发的是卷舌音，我敢说“p”和“q”她都说得很棒。应该跟她聊聊我如何被人喊成奎纳的故事，尽管我自己其实也记不太清。难道仅仅是单词的发音吗？都柏林是个好地方。总是让我想起帽子。

我们从一个悬崖边跳到另一个悬崖边。偶尔掉到地上，有时成功过关，但这只是跟年龄讨价还价的一部分。记忆仍很活跃。感谢上帝，我没有走上阿尔茨海默症那条路。无法忍受去养老院的想法。走廊尽头的小黑屋，位于皇后区、布朗克斯区或多巴哥。暖气开得过高。鲜花在一个肮脏的小花瓶里枯萎。护士们特别喜欢拍你的手背。想象一下吧，所有的生活都终结于此。尽管据说那里的有些人可能还很有活力。那些年轻寡妇都还愿意并且能够钻进某些人的被窝。他曾经听说，在疗养院中疾病的发病率最高。最后的欢呼。风暴中的避风港。到了那个阶段，风暴的翻腾和肆虐已无关紧要。还有可能再搞一次恋爱，想想都觉得奇怪。不知莎莉独自在她的小房间，对着她的小电视机，她的小桌子上放着纸牌时，是否想过这件事？

空当接龙。城里唯一的游戏。最高法院的大法官，和他那肩负双重任务的管家兼护工，经过这么多年终于同居了，这简直能成为一部经典的好莱坞大片。冲突，戏剧，解决。挑事，摆平。购票从速。他可以在遗嘱里再赠点东西给她。让她的侄子接受良好的教育。也许那才是我应该做的？回到家就从文件里取出那一页，把那个男孩加进遗嘱，随便艾略特和其他所有人怎么想。其实花不了多少钱。莎莉一个星期能拿多少工资？包吃包住五百？一年就是两万五，其中大部分可能都寄回去了。只要多给一万美元，就能挽救那个男孩的生活。其实就是九牛一毛。比留给艾略特好得多，不过卡佳可能会受点损失，还有那几个我很少见到的漂亮孩子。话说回来，她已经得到够多的了，他的卡佳，对了，我怎么想起这些事情来了？阿尔兹海默症。没错。现在还没患上，也许永远都不会。我如果得了这病，就根本不会记得，是不是这样，艾琳？不过，忘记自己的妻子真是太可怕了。不过，有时候他打开一扇门，或早上从梦中醒来，会相信她还在身边。早上好，mo chroi。我独自在这外面做什么呢？被我的亲生儿子抛弃了。

罗西塔，亲爱的，我对你没说实话。三文鱼根本嚼不烂。莳萝酱太稀了。我感觉像回到了华尔道夫酒店。我真的只想回家去找艾琳。丹迪尼奥，用两块白布把它打包，让我走吧。

——抱歉，老爸。

惊喜，惊喜。快把这头肥牛宰了。艾略特将硕大的身体挤进对面的椅子里，脸涨得通红。就差耳朵里冒蒸汽了。用血压器的绑带箍住他手臂，指针没准会把玻璃打碎。如果一直这种状态，他早晚会犯心脏病。真是见鬼，他为什么偏偏要跟助手鬼混呢，他就不能走另一个艾略特的道路吗？那个艾略特·斯皮策[①]（Eliot Spitzer），名字里只有一个“l”——他至少还拎得清，愿意挤出几个小钱来换一点情分吧？

艾略特把他的盘子往前一推。

——听我说，有几件事情我不得不去处理一下……

——好的。

——去一趟办公室。

——这些吃的你还碰都没碰呢。

——把它打包，老爸。拿回家去。送给那个——她叫什么名字来着？

——莎莉。

——没错。

艾略特又扫了一眼手机。

——一切都还好吗，艾？

他已经很多年没有叫他这个小名了。高架铁道[②]。一切都还好吗？这应该是我问过的最愚蠢的问题了。但这似乎根本没有引起艾略特的注意，无论是小名还是问句。这孩子看上去完全心不在焉。他在椅子里转来转去，打响指，又把两只手互搓，好像在估算钱数。丹迪尼奥站在角落里，眼睛直视前方。可以肯定这家伙在想心事。托勒密是怎么说来着？视觉的真相。他把房间调暗，在阳台上装一个摄像头。他是第一个成功地把室外拍摄的画面投放到室内的屏幕上的。卡佳是这么说

① 艾略特·斯皮策，2008年卷入性丑闻的纽约州州长。
② 艾略特的小名“El”，也是高架铁道（elevated track）的简称。

的。光不可能从眼睛里发出。准确地说，光是进入眼睛的东西。是外部世界给予内部世界的。他眼里的丹迪尼奥永远都那么彬彬有礼，然而此刻的他呢，站在墙角生闷气，眼睛里的光似乎能在餐厅里烧出一条小道。

——跟我说说吧，艾略特。

他冲肩膀后面又打了个响指，俨然一位阿拉伯王子。不是亚里士多德的朋友。他为了不进监狱，佯装疯癫。

——你跟丹迪尼奥说话了吗?

——达维多?

——是丹迪尼奥。他是巴西人。跑堂的。

——我以前从没见过他。

——他好像有点不开心。

——换了你会开心?这么大岁数还跑堂?

话越来越难听。愤怒全带着刺。把他的信用卡丢在桌上。

——我们的女招待呢?

托勒密对自己的发现高兴吗?卡佳会为自己继续拼搏高兴吗?莎莉早上醒来高兴吗?艾略特过得不太高兴，这是肯定的。他有妻子，有汽车，有车库，有工作，有孩子，却没有丝毫的快乐。曾经有过，很久以前。一位邪恶的魔术师。把快乐塞进袖子变没了。

——我来买单，艾略特。

他儿子仍然朝丹迪尼奥那边打响指。

——在这里开餐厅真不错。

——还是我请你吧。

——见鬼，她跑哪儿去了?

——罗西塔。

——什么?

——她名字叫罗西塔。

——我不需要知道她的名字，老爸，我只需要账单。对不起。我知道，我知道。我只是，我确实有些事情要处理。一小时前。我给你打过电话。我应该……

啊，在街上我的口袋振动过。看来还是把铃声给关了。

——我说过了，儿子，这是我的荣幸。

他看着丹迪尼奥端着水壶，从餐厅后面走过。

——上帝啊。艾略特说。

这次没有诅咒，没有骂人。也没有一丝快乐。

丝毫没有，真他妈见鬼。

——下星期吧，老爸，我保证。

她终于从拐角那儿过来了，长长的金色鬈发在跳动。三十二颗完美闪亮的洁白牙齿。一双敏锐的蓝眼睛。一个注定要上大屏幕的女孩，这是不用说的，不过，她先前不是告诉他，她是个画家吗?或者只是他自己的猜测?她手腕内侧有一小块蓝色，不是吗?

——罗西塔，亲爱的，账单给我。

——不行，老爸。

——瞧，你一口都没吃。罗西塔和我有默契，是不是，罗西塔?

她露出她那灿烂的罗得西亚兼津巴布韦的笑容。

——主队没有优势吗?

——什么?

——我是说，这里是我的地盘，不是吗？

她嘴角浮出一点隐约的疑惑。

——而且，他说，我连甜品都还没点。

她把身体的重心从一只脚移到另一只脚，低头对艾略特微笑，一种高冷的浅笑。

——我猜你老爸赢了，她说。

——我想是的，艾略特说。

然后，他就那样把信用卡塞进了锃亮的棕色钱包里，好像压根儿就没打算付钱。他拍拍钱包，像拍一只好脾气的狗的脑袋。你不是当真的吧，嗯，儿子？这样就算完了？不带一点调侃？一、二、三，然后走人？像铲掉一坨屎？我们不是至少应该玩一会儿快速躲闪吗？这不是礼节性的要求吗？你出击，我出击，你躲闪，我没躲。说到底，是谁把你养大的？是谁家的谷仓门打开，把你扔了出来？我一辈子没打过这孩子，但是，啊，现在真该在他手腕上狠狠来一记。把卡佳带来，让她在这张餐桌上制造和平。我上一次跟人打架是在皇家运河边上，一个胡萝卜头的吉卜赛男孩打了我一巴掌，我一下就摔倒了。后牙槽的一颗牙松动了。舌头一次次地去舔它。探索疼痛。如同为人之父。试图减轻每天都会冒出来的那些小疼痛。安慰的希望比生活的惩罚更持久。

——那么你要走了吗？

——你知道的。

不，我其实并不知道。

——尽是些糟心事，老爸。

确实如此。只需问问莎莉·詹姆斯。

哦，早晨的事似乎离我很遥远了。Gay gazinta hate。忽悠人的漂亮话。艾琳一听到这个短语就喜欢上了，总爱一遍遍地说，在门口，或在夜里睡觉前，在她看来，这里面有一些纯粹都柏林的东西。既是“祝你健康”同时又是“迷失”。

——真遗憾，你遇到了麻烦。

——别担心，老爸，我会碾平她的。

碾平她？真的？毫无疑问，艾略特曾经碾压并且能够压扁许多东西，但他也许不应该把这作为荣誉徽章戴在身上。白人大富豪碾平有色小女孩？这不能算启蒙时刻。也不是改写历史。从克里斯托弗·哥伦布一直到现在，一直到艾略特·门德尔松，这种事发生过多少回了？

——好自为之吧，儿子。

这根本不是他想说的话。他应该说：别这么下作，艾略特。别再跟女人纠缠不清。拿出一点真心吧。停止抱怨。表现出一些品性。成熟起来。跟我谈谈我们过去的日子。给我点东西让我得意得意。

艾略特俯身喝光最后一点酒，杯底残存的那一滴。

这算怎么回事，一只手从桌子对面伸过来跟他握手，似乎他们刚谈成一笔生意，没有站起来拥抱，没有拍打后背，没有在面颊上很男子气地吻一下。艾略特，我怀疑自己从未像此时此刻这样讨厌你。就这样完了？这就是我们所得到的？没有贴心的话语，没有启迪，没有人类问题的解决办法，只是在老生常谈中增加了一个新词，甚至不是一个好词。

艾略特用餐巾擦了擦被酒染红的嘴，然后把揉皱的餐巾扔在桌上，餐巾像一座小山。

——我会给你打电话的。

——是的。

——我们会好好吃顿午饭的。

真是 gay gazinta hate。艾略特，儿子，你一溜烟地离开，比黑死病蔓延的速度还快。

他离开了，笨重地走过餐厅，走向存衣柜。在他该死的手机上又摁了几下。丹迪尼奥盯着他。他的目光会在他的后背上烧出一个洞。去吧，丹迪尼奥，去用铝箔把他打包，扔到外面的大街上去。

——罗西塔。

她正妩媚地倚在柜台上，此时立刻转过身来。

——什么事，门德尔松先生？

——我想我已经吃完了。你能让丹迪尼奥把这些打包吗？另外我还想点一份甜食。

——好的，先生。你想要什么？

现在他应该问问她绘画的事。在布鲁克林，或者在布朗克斯，你的生活到底是什么样的，你手腕上的那块蓝色，是画天空时蹭到的吗？因为我所记得的蔚蓝色的天空，是九月的一天，当时突然间天塌地陷。

——就要提拉米苏吧。

——门德尔松先生，选得真好。

谢谢你，亲爱的。曾经可爱，永远可爱，月光映照你的秀发。曾经有个时候，世界上到处都是你这样的人。

艾略特的身影从窗外走过，白色的暴雪衬托出他黑色的轮廓。

得，被抛弃了。被自己的儿子抛弃了。

看看吧。桌子下的地板上有两个小水洼。这就是艾略特留下的一切。

这使他想到：该去解个手了。

他把椅子从桌边挪开。其他桌子都像三明治一样挤在一起，该怎么顺利通过呢？障碍滑雪课。冲出大门，冲下雪山，留意那些结冰处。

——门德尔松先生，一切都好吗？

新任经理伊格尔顿。高个子，瘦骨嶙峋。肤色很难看。皮肤上沟沟壑壑，伤痕累累。跟他说实话不会有什么用。

——很好，谢谢。三文鱼很美味。

——太好了。

——女招待也是。

伊格尔顿脸上显出奇怪的表情。哦，不，不，不。不是说她很美味。不，不。也不是说她不美味。只是说她是个好招待。我是这个意思。不是美味。

——她很迷人。

——听您这么说我很高兴，门德尔松先生。需要我帮忙吗？

——我没事，谢谢。我去去就来。

他朝卫生间的方向点点头。一站起来，他就感觉到了内急。天哪，哦，天哪，有些时候，冬季装备在湿滑的雪坡上确实管点用。

他穿过那些桌子，拐杖嘟嘟地敲着地。他透过厨房旋转门上的圆形舷窗，向厨房里迅速瞥了一眼。这些餐厅就像轮船一样。他勉强能辨认出丹迪尼奥，站在那里，正跟一个系围裙的小个子男人激动地、你来我往地争辩着什么。没动拳头，但显然两人之间的紧张情绪一触即发。

系围裙的男人眼光一闪。从丹迪尼奥肩膀上看过来。也不算是打招呼，这世道要变成什么样？无疑只是在搞笑。难道他就是给我做三文鱼的人？但他看上去不像个厨师。倒更像个搬运工。

不管怎么说，继续前进。漂白剂的气味。放我进去洗个澡。把我冲干净。

这个卫生间没有把手，但至少干净整洁。反正撒完一泡尿就走人。站稳脚跟，找到设备，灭火，洗手，上路，不多不少两分钟，让消防软管公司得意去吧。

在走廊上，他又朝厨房看了一眼。丹迪尼奥和那个系围裙的男人都不见了。转过拐角，绕过桌子。白天也点了蜡烛。窗外仍在下雪。

桌上放着提拉米苏，是的。世界焕然一新。谢谢你，罗西塔。我们都时不时地需要一点提神剂。

十一

他乘着水晶马车
驶过康涅狄格。
一度，恐惧袭上心头，
他错把
马车的影子
当成了黑鹂。

几乎所有的审讯室里，摄像头都高高安装在一个角落：蛛网摄像头。能够清楚地看到门口——真相经常会在刚进门时显露。无辜者走进来，径直坐下，困惑茫然，双手合在一起，仿佛急于祈祷，但有罪的人常常会停下来看一眼房间，暗自揣度，寻找一个藏身之处，准备矢口否认自己心知肚明的一些事情。

房间布置得使人无处藏身：空荡本身就是一种指控。两三把椅子，几乎总是木制的。一张简易桌，通常带有一个浅浅的抽屉：没有厚重感，也不可能藏东西。抽屉里放着几张纸和一支简单的笔。远处的墙上有一面双向镜，简单，不带任何装饰。没有可以用作武器的东西：没有折叠椅，没有玻璃杯，没有锋利的铅笔。没有咖啡杯或咖啡机。墙上没有分散注意力的海报。地毯一般没有，即使有，也是图案单调的那种。踢脚线的颜色与墙壁相同。灯通常是日光灯，光很硬，不过有的时候，当真相开始浮出水面时，侦探会打开一盏台灯：它使光变得柔和，使边缘消融，使房间改换基调。

摄像头位置很高，第一眼是看不到的，但是那些在门口停步的人——通常是戴罪者——会抬眼扫视到它。眨眼可以有很多解释：恐惧，反抗，狂妄，不屑。通常，他们想背靠镜头坐下，但侦探们很快会将他们引到桌子的另一边。侦探们统计受审者抬头看摄像头的次数：看得越频繁，说谎的可能性越大。

其他人——通常是无辜者——会立即坐下来，似乎想保护他们所知的真相，紧紧抓在手里，暂时把它藏在自己的小宇宙里，用双臂把它抱住。他们凝视镜头的目光是焦灼的：混合着哀求和恐惧。

有时候，侦探们把受审者独自留在房间里。然后，透过双向镜观察他们。冲着摄像头挥拳的几乎总是有罪者：一种狂妄的挑衅。有些人走到摄像头下面的角落，试图躲避。在有些审讯点，对面的角落还装有第二个摄像头，但有时只是一个仿制品，算是第二只眼睛。

摄像头本身能记录各种声音，但审讯室几乎都是隔音的。为了备份，侦探们还使用一台录音机。

当佩德罗·希门尼斯被押进来受审时，他的表现很奇怪，似乎既无辜又有罪。他穿着西装外套、蓝衬衫和白色厨师裤，像一个打折拍卖的悲摧男人，五十七岁，脑门中间的头发有个小尖角。他很瘦，但下巴有点赘肉，皮肤泛黄。他站在门口，四处张望，但并未抬头看摄像头，而是转向那个拉丁裔侦探，似乎在恳求她解释一下这个房间。她黑头发，黑眼睛，衣服也是黑的。脖子上戴着一条简单的金项链。她碰了碰佩德罗的肘部，把他引向空荡荡的木桌旁的座位。片刻之后，另一名侦探也进来了，一个大白面包似的男人，把他的椅子搬到桌子顶端。他把椅子倒过来，下巴搁在椅背上，探出身体。

佩德罗被约束在椅子里，他瞥了一眼摄像头，似乎想在镜头的玻璃上看到自己的影子，接着转头看着放在桌上的双手。令人意外的是，他从口袋里掏出一副老花镜，其实面前并没有东西要他读。

他把眼镜架在鼻子上时，看起来像是变了个人，不再是个邋遢的洗碗工，而仿佛是个衣冠不整的图书馆馆员。

女侦探先用西班牙语对他说话，她的西班牙语就像是在城市的街道上被拖着走了一段又被车轮碾压过。日期，时间，审讯的具体位置。她问，他知道他们的谈话正在被录音吗？他没有被捕，但她的话里似乎有一个没说出口的“暂时”。她知道他是个有家室的男人。她很想帮助他。她对他的移民身份不感兴趣。她跟哥斯达黎加社区的很多人都是朋友，她本人来自海岛，出生于刚果（金），两岁时迁到了这里。她随和、轻松、坦率，在椅子上侧转过身。她知道他有过历史，但每个人都有历史，不是吗，佩德罗？佩德罗点头，眼镜后面闪过一点光。侦探们停下来用英语小声交谈，然后佩德罗告诉她，他完全能听懂，他用英语或西班牙语接受审问都没问题。她说，是的，她的同伴，里克，反应有点慢。她说，谢谢你，佩德罗，真的很感谢你。不过，她审问的语气仍很欢快，似乎她的英语刚在加勒比海里畅游过一番。她说，她关心的是历史是否清白。她避免使用“谋杀”一词。这是一次袭击，一次严重的袭击，是一场悲剧。他知道发生了什么吗？知道。他听到跟这件事有关的什么消息吗？没有。有人可能会突然失控，你知道吗？我想是吧。你自己有没有失控过，佩德罗？没有，我是个安静的人，过着安静的生活。你住在布鲁克林，是吗？是的。具体哪里？你知道的，康尼岛。住在那里感觉怎么样，佩德罗？有时会刮风。真好笑，会刮风，你听见了吗？瑞克，康尼岛会刮风，佩德罗是个喜剧演员。我不是想搞笑，女士。只是开个玩笑，佩德罗——那么，你在这座城市工作了多长时间？二十年。在红辣椒干了多久？四年。四年？是的。靠洗碗工的薪水，很难养活一家人吧？我妻子，她死了。你还能对付？还能对付。你有个女儿？是的，她叫玛丽亚。玛丽亚结婚了吗？她刚离婚，在找工作。她被解雇了？是啊，两个月前被解雇了。她有孩子吗？有两个。那日子够艰难的，佩德罗，离婚，带着两个孩子，刚丢了工作，你想喝水吗，佩德罗？不想。你看起来需要喝点水。

他正了正鼻梁上的眼镜。她身体往前探，男侦探身体往后缩。似乎房间里有某种脉冲摇摆器，两个身体在节奏上保持同步。

那么，我想谈谈餐厅，佩德罗。女士，你想谈什么都行，我没什么可隐瞒的。你不记得那天发生过什么不寻常的事吗？比如你和丹迪尼奥之间的什么事情，因为我们听说了一两件事，我们实话实说，在这里开诚布公，佩德罗，我们听说你们之间有点小小的打斗①，是吗？他抬眼看了看摄像头，但嘴唇抿得紧紧的，摇了摇头，不，跟丹迪尼奥争了几句嘴，那没什么，女士，没什么，员工中间搞了个小博彩，你知道，小赌一把，把宝押在——叫什么来着？——巴西的一场科林蒂安俱乐部比赛，有点小纠纷，只是闹着玩的，没什么大不了。丹迪尼奥还对你说了什么？没有。你确定？确定。那么你后来去了哪里，佩德罗？洗手间。但那不是一天里最忙的时候吗？午餐时间，佩德罗，你要去洗手间做什么？我去拉屎。你去拉屎？是的。好的，佩德罗，每个人都要拉屎，但是你确定你拉的屎没有沾上雪花吗？雪花？你有没有可能从员工通道走出去，也许去透透气，佩德罗，也许去抽支烟？我不抽烟。但你有没有出去，也许拿上你的上衣，也许拿上你的帽子，到外面去透透气，穿过员工通道，走出金属门，走到麦迪逊大道上呢？我哪儿都没去。直接回去洗碗了？是的。他们管这工作叫潜水采珠，是吗，佩德罗？好像是吧。为什么叫它潜水采珠呢？②听着，我有一份工作，我有两个外孙，我不知道。

审讯中的节奏是变动的，有时直奔主题，询问所需的信息，有时则东扯西拉地兜圈子，这是故意设计的障眼法。

我们想跟你谈的就是这个，佩德罗。什么？关于玛丽亚。玛丽亚？你知道，她离婚了，丢了工作，回到康尼岛跟你住在

① 原文是西班牙语。

② 美国俚语中把洗碗工戏称为潜水采珠。

一起。她想省钱。这是不是给你造成了什么压力？没有，因为玛丽亚，她曾经有一份好工作——对了，她在哪儿工作来着？——她是怎么对我们说的，瑞克？你们跟玛丽亚谈过？当然，我们跟玛丽亚谈过。玛丽亚跟这件事完全没关系。跟哪件事没关系？你们凭什么要跟玛丽亚谈？跟哪件事没关系，佩德罗？没什么事。没什么事？我只想说，她是个好孩子。当然，她是个好孩子。那就别把她扯进来。说实在的，佩德罗，知道吗？她有很多话要说呢。玛丽亚不会说我一句坏话的。当然，她没有说你的任何坏话，她非常爱你，是你的心肝宝贝①。那还有什么问题？没有问题，大伯。那把我弄到这里来做什么？你知道巴纳基金吗？什么？玛丽亚以前在巴纳基金工作。是啊，那又怎么样？你对巴纳基金怎么看？她有一份好工作，她喜欢那儿，仅此而已。没别的了？没了。你没有生气吗，佩德罗？没有，为什么要生气？哪怕她被解雇了？那是两个月前的事了，我说过。你对那里的老板怎么看，佩德罗？没什么，跟我没关系，从没想过他们。因为玛丽亚告诉我们，她因为被非法解雇起诉了巴纳基金，这你知道吗？当然。你怎么看？好了②，没什么大不了的。你知道艾略特·门德尔松那个人吗？嗯？他是在你们餐厅外挨了一拳的那个人的儿子，知道吗？知道。请原谅我的冒昧，佩德罗，但是这个叫艾略特的人，他可能，怎么说呢？他几个月前可能插足玛丽亚和你女婿的关系。我不知道你在说些什么。你明白我的意思，在她被解雇之前？什么？这就是我们听到的，我们听说他可能对玛丽亚有点图谋

①② 原文是西班牙语。

不轨，他们——抱歉，佩德罗，你是一位父亲，父亲肯定不愿意听到这种破事，母亲也不愿意，相信我，但是父亲肯定不爱听，对吗？真他妈见鬼。我要说的是，佩德罗，他们在斯坦福德的一家旅馆有过两次进一步的接触，艾略特那家伙就住在那里，他跟妻子和孩子们住在康涅狄格州，他对旅馆情有独钟，佩德罗，你明白我的意思吗？佩德罗，你在听我说话吗？有人吗？笃笃笃，有人吗？你在听我说话吗？佩德罗，有人吗？我不明白你的意思。是吗？对，我不明白。也许你对巴纳基金心怀不满，比如艾略特可能在利用玛丽亚，或者他玩得太过分了？这跟玛丽亚没关系，玛丽亚是个好姑娘，玛丽亚已经结婚了。别误会我的意思，佩德罗——艾略特这家伙是个头号大坏蛋，这我们知道。我不认识他，从没见过他。也许他暗示玛丽亚，他会让她发大财，结果后来翻脸不认人，解雇了她？我说了，我不明白你在说什么。也许他对她许了一些空头支票。我从没听说过他。也许陪审团会相信这个说法，佩德罗？什么说法。你身为一名父亲，打了他的父亲？我没打任何人。你确定吗，佩德罗？我向上帝发誓，女士。你可以叫我卡拉。我没打任何人。也许你本来不想把他打得那么重，那只是个意外，对吗？我说过了，我没碰他。也许推了他一把？没有。你现在想喝那杯水了吗？你是说我需要请律师吗？要知道，我们并不想把你拘在这里，佩德罗。我有权请律师，我知道。这没问题，但是我们在这里是想帮助你，那个死了的人，他曾经是个法官，佩德罗，布鲁克林最高法院的法官，按照目前的状况，你会需要我们跟你站在一边。我没打任何人。因为，我和这位瑞克，是跟你站在一边的。

然后，他们必须暂停一下，改变节奏——不能离开房间，把佩德罗独自留在这里，以免他决定继续守口如瓶，或者去请律师，但现在需要转换一下阵地，于是卡拉从椅子里起身离开，只留下佩德罗和那个白面包似的大块头瑞克，使房间一下子变得很男性化，甚至显得更加逼仄了。这时，瑞克开始直接与他对视，探着身体，带着一点威胁，问佩德罗能否再解释一下袭击发生时他在哪里，为什么要离开自己的洗碗台，他跟丹迪尼奥先前在争论什么，他去上厕所时有没有可能从员工通道走到街上——佩德罗，你能回答我吗？——他是否有可能在几秒钟后，还是从那道门返回来，这一切说得通吧，因为这是可以理解的，男人嘛，那边是他的儿子，那边是你的女儿，你明白我的意思吗？我们在这里是为了帮你，坦率地说，我真想把艾略特那个混蛋关进监狱，他才是应该接受惩罚的人，明白我在说什么吗？

卡拉回来时，端着一杯水，拿着三瓶橘子汽水，她把汽水从桌上推过来，似乎他们是在某个遥远的小酒吧里，某个安全而温暖的地方，某个他们可以互相信任的地方，但佩德罗没有碰他面前的那瓶汽水。卡拉探过身，再次问起了玛丽亚，她小时候是什么样，有过什么麻烦吗？是否曾提到过工作上的困难，是否感到不开心，是否说起去康涅狄格州的事。佩德罗喝水，但没有碰汽水。

时间慢慢地流逝，墙上的钟针在转动，审讯室里的日光灯恒定不变。侦探们做好准备去突破最后一道防线。

那么，佩德罗，她告诉过你吗？告诉我什么？她和艾略特·门德尔松的事情？什么事情？她的私情，你知道，她那见不得人的勾当。我不明白你在说什么。佩德罗，我怎么跟你委婉地说这件事呢？说什么？她在跟这个家伙乱搞，佩德罗，请你冷静，大伯，冷静，冷静。我很冷静，别那么说我的女儿。好吧，好吧，你对他们俩的关系了解多少？我什么也不知道。因为从我的角度看，她那段日子过得不错，是不是，佩德罗，在某个阶段，她还很幸福，对吗？我没什么可说的。她是个好孩子，做着一份好工作，上了秘书学校，嫁了个好丈夫，那是个好男人，第二代移民，玛丽亚让你感到骄傲，你喜欢你的女婿，你喜欢你的孙子，生活很美好，玛丽亚很幸福，在洛克威给自己买了套小房子，尖桩栅栏，你明白我的意思吧，美国梦，你在听吗？佩德罗，我们又要笃笃笃敲敲门吗？我在听。在一家投资公司工作，穿着漂亮的衣服，拿着可观的薪水，给CEO当助理，她在市中心上班，办公室在列克星敦大道上，玻璃幕墙大塔楼，突然有一天，噗，一切都烟消云散，她的老板竟然是个大混蛋，就像他一直威胁的那样，他毫不留情地解雇了她。这些事我根本不知道。然后你听说他在餐厅吃饭？我什么也没听说。也许是丹迪尼奥告诉你的？丹迪尼奥什么也没告诉我。你们只是在聊博彩？是的。丹迪尼奥，他是你最好的朋友，对吗？丹迪尼奥跟这事有什么关系？也许你跟他说了掏心窝的话，说了你女儿是怎么在巴纳基金丢了工作的，他就把这两件事联系在了一起，说那老人此刻就在店里呢——佩德罗，是不是这么回事？——因为这是完全情有可原的，朋友，我可以清清楚楚地看到，当丹迪尼奥告诉你艾略特·门德尔松就在餐厅时，其实他已经走了，而你呢，你在洗他的盘子。我们在争论博彩的事。不光是博彩，对吗，佩德罗？什么？你是棒球迷吗，佩德罗？是，当然。[1] 你喜欢哪支球队？没有特别喜欢的。那么，我再问一遍，佩德罗，你拿多少工钱？每小时八块，加班十块。洗碗不算一份好工作，是吗？没关系，我还另外打着几份工。比如呢，佩德罗？倒卖点东西，你知道。是吗？是的。你兜售小玩意儿，是吗，佩德罗？我不明白你的意思。你在哪儿倒卖东西？在旋风队。你是说布鲁克林旋风队？是的，布鲁克林旋风队，有什么问题吗？他们有没有可能送给你一件队服穿穿，佩德罗，或者一顶帽子？当然，有时候我会戴帽子，每个人都戴帽子，反正在厨房必须戴帽子。但是你戴了一顶布鲁克林旋风队的帽子？我不明白你在说什么，女士。

慢慢地，他们把想说的话收回来，攥成一个拳头，举在半空，然后猛地打出去。

因为我们在镜头里看见一个戴布鲁克林旋风队帽子的男人，他看上去跟你一模一样。

在哪儿？

在红辣椒外面，弯腰去看死者。

我什么也不知道。

在镜头里，佩德罗。一模一样。

跟我？

你跟他，佩德罗，就像两滴水[2]。

---

①② 原文是西班牙语。

十二

河在动。

那只黑鹂一定在飞。

更准确地说，漫漫回家路。莎莉，让自由之声从山顶响起。往火里再添一块木头。把锅加热，把牛奶煮开，把巧克力融化，摆好椅子，展开毛毯，听木头噝噝燃烧。也许我应该给她打电话，让她知道我已在路上。然后，她也许会再次冲进暴风雪。乔先生，您这是在做什么呀？我要回家，莎莉。被我的亲生儿子抛弃了。他把我一个人撇下了。况且，我还湿着呢。要是穿上冬季装备就好了。他甚至还让我买单。不过，我们有一些三文鱼和很多牛排陪我们挺过这场暴风雪。不知为什么，剩菜没有包好。丹迪尼奥没给我们打包。

既要抓着打包袋，又要拄着拐杖，真是别扭。不过我们出发了，前进，上升，离开。

好吧，差不多是这样吧。

他站在外面的门厅里，听到餐厅的门在身后关上。再见了，门德尔松先生。她的罗得西亚兼津巴布韦的甜美嗓音，以及餐厅里飘出的最后一丝音乐。应该赶紧返回去，给自己点一杯热白兰地。加一匙糖，有助于药物吸收。

仁慈的上帝啊，真是漫天的大雪。从没见过这样的景象。雪花横着飞、侧着飞、拐着弯地飞。一场大戏，重磅炸弹，雪的音乐剧。所有的出租车司机就像在舞台上表演，往左滑，往右滑，向两边滑进坑里。雨刷器哗哗地鼓掌。卡车和货车，车灯在燃烧，有个倒霉的白痴骑着摩托车。一场刀子般的暴雪。像那种圆形小暗器一样，一百万个密密麻麻瞄准我飞来。

大街上几乎一个人也没有。时间还早，妈妈们和保姆们还没有去公立学校接孩子。没有送花的小哥。没有运货员。没有铲雪人。没有洒岩盐的压路机。

应该叫一辆出租车的，可是出租车必须载着我经过犹太教堂，开到第八十八街，然后开过街区，回到公园大道，再一路开过第八十六街，谁知道那个方向会遭遇怎样的交通拥堵呢。到处都是汽车喇叭在响。声音实在可怕。雪不是应该使声音发闷吗？我听力越来越差，但刺耳的声音却一天比一天响，这是怎么回事？不和谐音。对，就是这个词。钢琴家在拉低音提琴。萨克斯手在拉小提琴。吹长笛者在吹小号，差不多就是这样。

滥用不是应该挨罚吗？听着，艾略特。乱按喇叭会被罚款，早晚会轮到你的。

他到底是怎么了？他为什么不能成为他当初理想中的那个男孩？他期末考试成绩优异，把毕业帽抛到空中，抱住他的母亲，骄傲地陪她参观剑桥。那时她很开心，她笑了，我们一起都笑了。搬回城市。住在格林尼治村。给自己找了个法国小姑娘。她叫什么名字来着？很久以前了。尚塔尔。而且她会。唱歌，没错。艾琳对她可崇拜了。鷦鷯一般的歌喉。每次假期聚会她都在。后来就不在了。一把勺子浸入思想的深井。最蹊跷的事情出现，然后消失。那个凝视井底的人是谁？谁在寻找他们在黑暗中的倒影？

天色也很暗。这个时间段不该如此。不过，还是向前走吧。

脖子发冷。我大衣的纽扣都没有扣好。她们花了那么长时间把我的胳膊塞进袖子，肯定觉得是在给我穿紧身衣。不过他们很高兴，都很高兴。留了十美元钞票给闷闷不乐的丹迪尼奥，给了罗西塔百分之三十的小费，为什么不呢？除了手腕上的蓝色颜料，她应该多得到一两样东西。

美人。

让我想入非非。

像所有的美人一样。

他靠在门厅的墙上勉强站稳脚跟，调整一下衣领，把围巾拉上来盖住嘴巴。临时弄了个滑雪面罩。

来，艾琳，过来牵着我的手，扶我走到麦迪逊大道上。很多日子里我们一起走过这里，不过我更记得阳光下的你，穿着浅色太阳裙，戴着一条简单的珍珠项链，但也许事实是我们的记忆比实际的情形更美丽。岁月流逝，她后来增了几磅体重，走路时有点儿跛。大大小小的皱纹，臀部下坠。残酷啊，上帝的手法。我们对时间了解越多，拥有的时间越少。 拥有的越少，想要的越多。正义的天平。也就这个词能形容了。总之我诞生于某件事中间。

好了。开步走。

莎莉也来。

踏入刀子般的漫天大雪中，一步，两步。他的面颊立刻感到了寒冷。他闭上眼睛，想把这刺痛的感觉抖落。多么震惊。狂风和暴雪完全包围了他。他停住脚，调整了一下岌岌可危的剩菜。我们这么快就从一种状态跨入另一种状态。最多才两点钟，天色已一片黑暗。黑暗从地面升起，展翅腾飞。

——艾略特·门德尔松。

是的。不是，当然不是。这是疑问句还是陈述句？谁能听得清呢，该死的汽车喇叭在响，狂风在呼啸，围巾裹住了耳朵，整个城市都在喧嚣，你脑海里还响着餐厅里的交响乐，根本不可能听清任何声音，不过，那是我的名字吗？我是我的儿子？当然不是。至少这辈子不是。声音似乎从后面传来，他扭过头去看，舌头一下子碰到了羊毛围巾。我是我儿子的儿子？这个问题更好。但我现在不想回答。

求求你，让我离开这场暴风雪吧。仁慈的上帝啊，天真冷，雪花刺着我的眼，我几乎什么也看不见，但身后根本没有人说话，只有红辣椒的橙色灯光映着雪花，还有在我之前走过的其他人的脚印。

应该给莎莉打电话的。

他慢慢转过身，拐杖头戳在软雪里嘎吱响。他右脚滑出去，左脚一点点地跟上，千万小心，麦迪逊大道两边可没有扶手，真遗憾，两杯桑舍尔在我胃里翻腾，这个大步朝我走来的家伙是谁，眼镜后面一双深褐色的眼睛，棒球帽下面里冒出几缕花白的头发，他探身向前，从这边看有点像流浪汉，也许正在寻摸几个小钱，但看着似乎有几分眼熟，他是谁，他的眼睛里为什么闪着那种光，那光是从哪儿来的，我看见过多少像他这样的面孔，他们在布鲁克林生活了这么多年，小商贩，怀恨在心者，皮匠，面包师，擦皮鞋的男孩，来自地球各个角落的骗子蠡贼，但他知道我的名字，至少知道我儿子的名字，也许艾略特出了什么事，他可能在雪地里滑倒了，摔伤了背，或者有钱包垫着，他没摔伤，谁知道呢，毕竟他午餐没有买单。

那人的脸一阵抽搐，似乎他拿着什么东西，突然松了手，随后又把它攥紧，再次攥紧，这张脸的主人经历过漫长而艰难的人生，我能识别出来，我能为你做些什么呢，年轻人，其实他根本不年轻了，也许四十，也许五十，谁能说得准呢？

离我不到三步，那人不知为何突然猴急起来，或猪急起来，或羊急起来，他们是怎么说来着？帽子又拉下来一点，我连他眼睛的形状都看不见了。嘴巴扭曲着，但那张脸上似乎有一丝温和，有一点微胖——是托尼吗？——看起来像托尼，站在门外，见鬼，我是怎么得罪了托尼，我说的那些傻话，我说的Kan，我说的康德（Kant）——你怎么了，托尼？——抑或是莎莉出了什么事，是不是她派你到雪地里来营救我，圣伯纳犬，你的白兰地呢，我刚才还想到过这个，见鬼，你为什么要这么快步地走向我，托尼，而且没穿看门人的制服，甚至没戴手套，你的指关节黑得发亮，我从没见你穿过休闲的衣服，难道我在假期里给你的小费不够多，难道我前不久说错了话，我那些愚蠢的口头语，那些词语太多了，我脑海里像雪崩了一样，但他仍在继续走来，肩膀在深色的外套里耸动，他是小个子，五短身材，如果是托尼，看上去有点奇怪——

有一次，很久以前，我把刀刃固定在鞋底，在冰冻的湖面上滑冰——

离我只有一步了，也许那根本就不是托尼，是吧，不够胖，而且有点太矮了，此刻正用西班牙语喃喃地说着我的父亲，或他父亲，或其他人的父亲，这个人到底是中了什么邪，谁来帮帮我，听，他在说什么，大雪在周围疯狂肆虐，像舞台上的半圆形天幕，根本听不清这个人在喊什么，他嘴里喷着唾沫，他在掀起一场小雪暴，速射炮，有多少词可以形容，他倾过身，哦，我头上的帽子在移动，可是你在说什么，先生，在这轰鸣声中我一个字也听不见，冷静下来，镇定一秒钟，你看上去一点也不像托尼，你是谁，来自哪里，我以前在什么地方见过你，哦，剩菜滑落了，那是我儿子的名字，你喊的是我那个不靠谱的儿子，你没系围裙，哦，那片白色朝整条街扑下来，连雪都无法站立，哦——

运河无疑是炮弹的最佳轰炸点。

十三

整个下午都是黄昏。

雪正在下

雪将要下。

黑鹂坐在

雪松树的枝头。

如果是另一个日子——没有雪，没有风，天色没有早早变黑——他们就会看见他摔倒，如同一部古老史诗里的人物，戴着帽子，带着历史。

那将是第八十六街路灯的华丽灯柱顶上的交通摄像头拍到的画面。即使是低清晰度的下载视频，也能看见他从餐厅出来，脖子上裹着围巾，头上歪戴着帽子。他会停下来调整一下大衣，然后会拄着拐杖往前走。画面中，他会遭受那一拳，呆立一刹那，仿佛在评估打击的质量。那一拳将会落在他的胸口中央。他膝盖那儿的裤子会皱起来，双腿会打弯，下身的结构会开始摇晃，似乎是在拖延。这具木偶将会在一两秒钟内完成整个动作：昏厥，倾倒，碎裂。他的身体会认输，他会晕倒，八十二岁高龄的他，碎落倒地。他们会看到，在倒地的过程中，那顶呢毡帽几乎一直都留在他头上，有违物理学定理，他打包的午餐剩菜几乎立刻就脱了手，砸在地上散开，与此同时，他的脑袋撞裂在人行道上。镜头里还会有那个凶手的身形，他刚打出一拳，站在街上，一时间完全愣住，不敢相信眼前发生的事，低头看着自己的拳头，然后把手塞进他那件宽松外套的口袋，迅速向北走了十步，神情困惑，随即变得鬼鬼祟祟，把帽檐又往下拉了一点，走进一个阴影里的入口，打开那道沉重的金属门。身份不明者从此更加身份不明。街道上会安静片刻，然后男招待、经理和女招待会出现，围在街上那具倒毙的尸体旁，婴儿车会在大道上推过——当然，如果没有雪、没有风、没有昏暗的天色，会有更多的婴儿车——而且周围的店铺或过路行人也会有目击者证明自己亲眼看见那人从这个入口进出。

那将如同被放进最好的诗歌，被蒙着双眼带入一片天寒地冻，转过身，蒙眼布被解开，然后，被迫创造出新的观看方式。

也有可能，餐厅的摄像头角度朝着另一个方向，他们或许看见了佩德罗·希门尼斯从那道门进来，肩膀上洒了些雪花，帽子脱掉了，折起来塞进口袋，外套挂在门边的金属挂钩上。那样的话，他们也许看见了佩德罗在几秒钟后回到外套边，把外套塞到几件没湿的大衣后面，以掩饰自己衣服的潮湿。他们还可能看见他把棒球帽又往口袋里塞了塞。镜头还有可能捕捉到他在拐弯去洗手间之前，停下来把手掌根按在他那痛苦的脸上，搓了搓脸上的皮肤，把头迅速地左右摇晃几下，似乎想把过去的几分钟从生命里驱逐出去，然后才能回到洗碗台。下午晚些时候，另一个角度可能会拍到他脸上的恐惧，当时厨师、经理、女招待和警察一起挤在厨房里，事情的详情浮出水面，他在清洗给门德尔松煎过三文鱼的那口锅。那个角度还会拍到，当警察把佩德罗拉到一边询问时，他和丹迪尼奥互相交换的眼神，或是丹迪尼奥在门口时脸上的表情，或是当两人晚上离开餐厅时，扭头张望的样子，他们在查看前厅摄像头的角度，而那时警察已经下载了录像去做检查。

这些全都尚未显现：这起凶杀案，就如同这首诗，必须敞开自身迎接所有将被发现的可能性。

警察可以下载那天晚上地铁站的录像，画面上两个男人闷闷不乐地站在地铁站，等着搭四号线返回布鲁克林的家。但是，谁能感知他们的沉默意味着什么呢？谁能预言丹迪尼奥会对佩德罗说些什么呢？谁能猜到他们可能已经达成了一个攻守同盟？当佩德罗将近两小时后在科尼岛乘坐F线，穿过银色的检票口时，谁能解读他脸上的表情呢？当他经过第十街的那家酒栈时，谁能理解他的恐惧呢？当他在康尼岛大道的拐角停住脚，然后往南走向水边时，谁能知道他脑海里在想什么呢？即使我们能拿到木板路上安装的那些摄像头，谁能肯定地说这个把宽松外套和棒球帽塞进垃圾桶的人真的有罪呢？他看着那些永远不会被人发现的丢弃的衣物时，从他的举止神情能看出什么？从他离开的样子能获悉什么？从他眺望大海的姿态能感知什么？远处是什么国度？有着怎样的过去？谁会知道他的拳头仍颤动着多少挫败感？

也许情况根本不是这样。也许他是得意的。也许他打心眼里高兴。也许他感到强大，感到理直气壮。也许他这样做是为了给女儿和她的孩子们报仇，是因为他们的贫穷，他们的悲伤，他们父亲的离去，他们母亲的罪孽。也许，当他在闪烁的灯光下顺着木板路往前走，经过嘉年华游乐场时，他流露出一种全然喜庆的派头。也许他觉得，应该对那个被他打死的人的儿子也来这么一下。也许他在想，他妈的，艾略特·门德尔松，下一个就是你。

事情正在发生，正如诗人所说，事情将要发生。

佩德罗会在六天后被捕。他会被起诉。他不会认罪。他的女儿会为他保释。州法院会提出罪名。佩德罗不会接受。州法院表示将全力审案：二级谋杀。佩德罗的律师会说应该减轻罪名，也许是过失杀人，但佩德罗会说不，他年纪太大，不愿坐牢，他要抗争到底。他会在将近一年后接受审判。会由陪审团给他定罪。在曼哈顿下城中央大街的一个天花板挑高的房间里，他们会权衡各种因素。筛选证据。忽略。恢复。一种发掘和重建。他们会寻找水落石出的那一刻，最终找到真相。

将会有医生、急救人员、心脏病专家和钝挫伤专家，有的会说门德尔松是被一拳打死，有的会说他是头撞到地面才丧命的。会有两名司法视频分析员，他们会要求拉开法庭上的幕布。他们会利用六个纯平屏幕，给陪审团仔细分析录像：一个给法官看，一个给起诉人看，一个给辩护人看，三个给陪审团看。他们会讨论压缩量、分辨率、模糊程度、时间戳、帧速率、比较分析法。他们会显示跌倒的角度。他们会指出袭击者的大致外表。他们会放大和缩小。他们会聚焦于帽子和外套。他们会讨论与众不同的特征，已知的和未知的。他们无法呈现一张可识别的脸。不过，他们会展示丹迪尼奥和佩德罗在厨房里争论的画面。他们会统计佩德罗上厕所的精确时间。他们会显示佩德罗返回布鲁克林旋风队海报下的大水池的画面。他们会把画面定格，佩德罗把双手浸在热水里。

那双手冷吗？那双手很难受吗？那双手只是在干活吗？

检方会要求艾略特·门德尔松作证。他会紧一紧上衣，大步走到法庭的前面，侧身钻进证人席。他会尝试着动感情、表露愤怒、长时间沉默，甚至流泪，但是法官会打断他。他的声音会在盘问中哽咽。他会说他这辈子从未见过被告。回答问题时，他会习惯性地竖起食指。他的脖子会有些颤抖。他会说父亲的去世使他孤独无依。他会看着自己的双手，似乎想验证他说的话都是对的。他会说他永远不会从这场打击中恢复过来。他会恳求和花言巧语。他会扫一眼佩德罗，又迅速挪开目光。他走下证人席时甚至外衣上也会显出两块椭圆形的汗渍。在中央大街的法庭的后排，他会看着自己的手机，似乎所有问题的答案都能在手机里找到。

日子将会继续。

他们会传唤餐厅经理克里斯托弗·伊格尔顿和女招待罗西塔·伍斯特豪森。罗西塔的证词会很简短而不失礼貌。她会说她在门口伺候门德尔松穿大衣。她会说他是一个可爱的老头子，她不知道谁会偏偏选择伤害他，为了什么。她会说这场刺激使她放弃了工作。她会说她从未见过这样毫无意义的死亡。从证人席走下来时她会是拘谨的，怯生生的，似乎为自己的证词感到尴尬。她会迅速看一眼佩德罗，尽管他不会与她对望。克里斯托弗·伊格尔顿会显得很紧张，似乎担心他说的话会影响他餐厅的生意。他会松一松领带，说他很遗憾失去了他最喜欢的客户，他真的不知道为什么会发生这场袭击事件。他当时在餐厅里，是的，听到了外面的骚动。他跑出去帮忙，但没有看见袭击者，连袭击者的身影都没有看到，他真的说不出别的什么。他俯身查看门德尔松，门德尔松似乎已经死了。在他看来一切都难以理解。他真的从未听佩德罗说过任何人的坏话，特别是门德尔松。他会低着头离开证人席，拳头塞在外衣的口袋里。

法庭会被告知，丹迪尼奥下落不明，他被认为是在里约热内卢，跟妻子和三个孩子在一起，但也有可能被发现在多伦多的一家餐馆打工，还有可能被看见在南卡罗来纳州的一家烧烤餐厅里。他们会听说，在最初的审讯之后，所有与他联系的尝试都以失败告终。辩方会声称，没有丹迪尼奥，案件无法审理。检方会说证据确凿，丹迪尼奥显然协助了犯罪，他随后的失踪更证明了这点。法院会传唤莎莉·詹姆斯，她去了多巴哥一星期，刚带着侄子回来处理她的财务事宜。她会显得礼貌而困惑，并带着一条小手帕擦拭眼泪。他们会传唤玛丽亚·卡西利亚斯，她会证明，是的，她目前正在对巴纳基金提起数百万美元的诉讼，很快就会尘埃落定。她会说，是的，她跟父亲说过她丢工作的事。她会承认，是的，她提到过艾略特的名字。但是她会说，不，她没有跟他说过那桩私情。她会说他从未表现过愤怒，她从未见过他对任何人举过拳头，更别说是对一个老头子，她父亲根本不可能做出这样的事情。她会说，更有可能是艾略特从大雪中走来，给了自己的父亲一拳，他就是这种人。法庭会听到有人反对。她会说，即使不是艾略特，也有可能是老人自己滑倒的，这符合逻辑，毕竟正在下雪，你们看不出他滑倒了吗？他们不是说他喝了两杯红酒吗？法官会轻声指示她控制自己的情绪。她会从证人席走下来，瞥一眼父亲，然后转身离开，她的前夫从走廊里过来握住她的手。

法院会传唤佩德罗，他听从律师的建议，不会出庭作证。他会坐在法庭上，面无表情，温和，一动不动，一个难以读懂的男人。陪审员们会等待，会听取。他们会权衡各种真话和谎言——真话的边界很空，谎言有其标准的叙事惯例。他们会浏览大量的事实、数字和猜想。对他们来说，这会像是在黑暗中挖掘光明，在竖井、矿穴、煤层、斜槽里劳作。法官会告知陪审团成员应承担的责任，他们会退下去审慎思量。他们会观看——再一次观看——门德尔松倒在餐厅外的画面。他们也会观看佩德罗和丹迪尼奥在厨房里的录像。他们会要求一次又一次地观看：每次看起来似乎都有所不同。他们会把画面定格在门德尔松摔倒的那一瞬，而那一瞬会成为他们大脑想象的屏保画面：在随后好几天、好几个星期，甚至好几个月里，他们醒来时脑海里都是它。

十二天听取证词，然后是判决。当然被录像了。高角度镜头设计，拍不到陪审员的面孔。镶木墙板的房间通风、宽敞。法官高高地坐在前面。他的一侧是美国国旗。另一侧是纽约州旗。法庭记录员坐在法官右边。双方律师彼此相对。给人的感觉是这房间天长地久都在这里，搁置成了冷肉冻，是一个永远不变的地方。

佩德罗·希门尼斯身后有一扇法庭的窗户。他站立时，挡住了一些光线。镜头用了一点时间调整。它晃了晃，重新聚焦。佩德罗低着头。他的双手紧扣在腰间。他的西装是充满希望的蓝色。陪审团女团长走上前时，他等待着。宣读判决时，他闭上了眼睛。

外面的天空是一片茫茫的灰色。云中没有一丝动静。

城市里的摄像头比天空中的鸟还多。

现在几点，你在哪里？

一

他答应为一家杂志的除夕特刊写个短篇小说。起初他以为是一件很容易完成的任务。五月下旬，他坐下来草拟了几个也许能用的片段，但很快发现自己是在漫无目的地扑腾。初夏的两个星期，他苦苦求索，寻找灵感和段落，对其中一些举棋不定，发现自己在拖延这个任务，把它搁置脑海一角。偶尔，他会把笔记拿出看看，然后又弃之一旁。

他不知道怎样进入一篇除夕小说的意境——比如创造出次第绽放的烟花，让城市耀眼的霓虹灯熄灭，或者让雪花慢慢飘落在一辆汽车的车窗?

他尝试了一个个开头——草草记在本子上——最后它们都遁入了黑暗。

二

初夏时节，他产生一个想法，也许可以不去理会自己关于一篇除夕小说的种种想法，而是去讲述一个军队的故事，也许可以描写远方的一位士兵，比如，一位年轻的美国人，一位普通的海军陆战兵，在一个遥远的地方。比如，他在除夕之夜发现自己在阿富汗的营房里——比如说那是个年轻的女人，被战争弄得有点疲倦，冒着严寒，坐在山谷的边缘，周围都是沙袋，空旷而寂寥，她脸朝东边，头顶上是星星编织的钢丝网，四下一片沉寂，甚至没有机关枪的突突声从远处传来，士兵生存的严酷环境抵消了别处会发生什么的可能性，比如南卡罗来纳州的家里，比如某处毫无特色的严酷郊区，比如一根破排水管悬在车库上，比如一个男孩在车道上，一个小男孩，穿着条纹衬衫和破牛仔裤，一辆自行车凄惶地躺在他脚下，那是她的弟弟，或者她的表弟，甚或是她的儿子，是的，也许是她的儿子。

三

将视线投向阿富汗的夜晚——不过最好具体一点，她可以面对克伦加山谷的哥特式黑暗，甚至可能在俯瞰洛考雷村的山脊上——她让自己适应所有的战争前哨都会出现的野性荒蛮，层层叠叠的黑暗压在已然暗黑的山上，在那片地方，就连那些矮小的树似乎也想离开悬崖，坠入山谷的深处，一层白霜覆盖一切，使黑暗中的事物又显现出来，沙袋，钢筋，机关枪，一支勃朗宁 M-57，辽阔无垠的荒野，无限广袤的黑色夜空，到处都这么冷，这位年轻的海军陆战兵，我们姑且叫她桑迪，头盔下的脸上蒙着一个大绒帽，桑迪的睫毛尖冻住了，肺里沉甸甸的，好像结了冰，她透过沙袋间的小缝隙往外窥视，牙齿“的的”地打战，她真担心会把它们咬碎，内心暗暗恐惧，因为桑迪肥臀、平胸，觉得自己毫无姿色，她活了二十六年，每天对此都很敏感，但是她很为洁白坚固的牙齿感到自豪，所以把大绒帽的翻盖拖下来蒙住嘴巴，绒布纤维碰着她的舌头，坚硬、粗糙，有一种化纤的味道。

四

桑迪独自坐在怪石嶙峋的前哨。当然这不太可能，可是他在纽约认识几个海军陆战兵，听过他们的故事，清楚地意识到现实经常胜过虚构，因此他把桑迪的独守前哨解释为下面村里的营房正在举办除夕晚会，桑迪让另一位海军陆战兵放假休息，她独自站岗一小时，直到午夜过去，远处的舞会结束，因为桑迪的队友们都知道，桑迪很正派，桑迪很冷静，桑迪通情达理，而且，实话实说吧，桑迪喜欢独处，他们专门给她配了部卫星电话，午夜时分可以使用，不然谁会愿意除夕夜独自一人？好歹得有办法给家里打个电话，说——桑迪会说什么呢？

（他必须承认，自己仍毫无头绪）。

他只知道，在寒冷中离群索居的感觉很重要：不仅因为这是一篇除夕夜的故事，而且这使桑迪被冻结在她寂寞的方寸之地，像我们大多数人一样，在一年即将开始时，看看身前，看看身后。不仅如此，读者还必须开始感受到桑迪在三百零八米高的山坡上感到的那股寒意：如此感同身受，读者仿佛就栖在那些想要跳崖的矮树上。我们应该感到自己的眉毛被冻结，我们捂住面颊，不让牙齿“的的”打战，因为我们像桑迪一样，在遥远的地方有我们必须看见、理解，或至少想象出来的东西，而且我们也有一种渺茫的希望，希望桑迪对着卫星电话说些什么，也许不是最终的决意，但至少是某种决定，是一点点意义。

（虽然他仍不知道桑迪具体会说什么，但是对他来言，桑迪开始变得复杂了一点，他对此松了口气，因为交稿日期近在眼前，他必须至少在十月中旬完稿。九月底，他在纽约第八十六街的公寓里枯坐三四天，但不知怎的，他仍能感到阿富汗山坡上渗出的那股寒意，现在他想抓住精髓是“远离家乡、同时置身于两三个地方”的感觉，以及那个简单的想法：除夕夜真正需要的是归宿感，不管是回归他的故乡都柏林，还是桑迪的故乡查尔斯顿，还是他的纽约，还是桑迪的出生地，还是，比方说吧，俄亥俄州，当然啦，其实桑迪可以出生在任何地方，但俄亥俄州感觉不错，那就说是托莱多吧。）

五

现在他知道：桑迪·朱厄尔二十六岁，来自托莱多，住在南方，是一位海军陆战兵，她穿着迷彩服，戴着盔式大绒帽，身处使人浑身乏力的严寒，埋伏在一千零一十英尺[①]的高地，在新年的前夜，眺望阿富汗的黑暗，准备用身边的卫星电话拨通某个心爱的人的号码。（他暗自猜测，也许瞭望哨有三台小型取暖器，漏出一点亮光，也许一年前有一次，一名狙击手瞄准三台取暖器的中间开枪，取走了一位海军陆战兵的性命，那是一道完美的数学三角题，一次意外事故。桑迪主动请缨站岗时可能对此早有意识，这给小说增加了一份恐怖感——

① 约等于308米。

也许惨剧还会上演，这次是她的卫星电话漏出一点亮光？过了几天，他否定了这个构思——通过狙击手来拥抱死亡的安逸未免太过简单，那究竟会是怎样的一篇新年故事呢?）桑迪故事的本质已经开始一层层堆砌，但他仍不知道那个心爱的人是谁，不知道他们之间最终会怎么样。不过，某个秘密已经开始把碎片拼在一起。

六

桑迪看见了什么，或者，他想象桑迪能看见什么：男孩把自行车放倒在车道，在郊区的某个地方，一片类似乐高乐园的房子，位于查尔斯顿的外围。那是美国中部的中午，跟阿富汗有八个半小时的时差。他是个又高又瘦的帅气男孩。姑且说他确实就是她的儿子（交谈的欲望那么强烈，潜在的悲剧那么真实：如果她没能跟他通上话，会发生什么事？如果断线了，会发生什么事？如果黑夜里突然响起枪声，会发生什么事?）。他十四岁，当然啦，这不好解释，因为前面设定桑迪的年龄是二十六岁。(他真的是她的儿子吗？那能说得通吗？有可能吗?）男孩抬起库车的瓦楞铁门，他的心在蓝白条纹衬衫下面怦怦地跳，他听见房子里传来一声喊叫，一个女人（姑且给她取名金伯莉）颤着声叫他（姑且给他取名乔尔)，说道：快，乔尔，你妈妈要来电话了。乔尔回来晚了，他知道自己回来晚了，他已经长大——实际上快十五岁了——有了自己的心上人，对于各种的不如意也略知一二。那天他和心上人在兰开斯特街的学校露天看台附近消磨了一下午。他已经对她表白，那天晚上，当午夜的时钟（美国时钟）敲响时，他要和她在一起，但是他必须先在第一位母亲家的厨房里，跟远在阿富汗的第二位母亲通话。

（乔尔把桑迪称作“第二位母亲”，他刚认识她四年，但已经在手腕内侧纹了 K & S 的字样。）

乔尔在房子里匆匆奔走，把外套扔在厨房桌上，拉过一把椅子，朝金伯莉扫了一眼，然后盯着硬木地板的缝隙，说，“现在几点，她在哪里？”

七

桑迪坐在黑暗中，等待倒计时，她手腕上戴着一块表，绑在棕褐色防火手套的外面。以前电话信号曾出过故障——掉线，没完没了地响铃，卫星失控。

现在打电话为时过早，但她还是把电话摁亮，触摸那些突起的号码，作为一种练习。

前哨外面，只有沉沉的黑暗和大地上的白霜。头顶的星星本身就像一个个弹孔。

八

他拼命想在阿富汗的山上制造枪声，或者看见一道不仅仅是比喻的亮光——也许是一颗火箭弹，或者听见一枚真实的子弹射进沙袋的尖啸声——在读者脑海里强行印上一道轨迹，在除夕夜点燃一些不同的焰火，让可能发生的心碎更加惨烈。

然而，不管他如何想象，简单的事实是阿富汗的夜晚一如既往的寂静，甚至没有流浪狗的叫声，也听不见前哨隐隐传来说话声。

午夜还差两分，桑迪松开咬在唇间的大绒帽，再次探身拿起卫星电话。（他现在隐约知道她会对儿子，准确地说是金伯莉的儿子，说些什么。）桑迪拧亮头盔前的手电筒，用力打开手机。显示屏亮了。他们告诉过她一个密码。她摘掉手套，想把号码一个个摁对。她拇指和食指间的皮肤上有个粗糙的文身，是很久以前某个人名字的首字母，如今她已不再想他。

阿富汗已是午夜，而南卡罗来纳刚刚是下午。

九

现在他写下这最后的（差不多吧）一部分，他在法国，参加完一个图书活动后继续旅行。已是九月中旬，交稿日期一天天逼近。有几件事他很确定——桑迪不会死，她只会拿起电话，拨出号码，她会跟她的恋人及恋人的儿子通话，她会以最普通的方式，简单说一声“新年快乐”，他们也会向她致以问候，然后生活继续，因为这就是我们除夕夜的意义——我们的关系，我们的联系，不管多么无关紧要，而我们的故事将会悄然无声地滑入新的一年。

十

在北默里大街的厨房里，金伯莉站在操作台边，双手十指张开，等待电话。她面前摆着一顿家宴的食材——辣椒末，洋葱，半磅牡蛎，一杯煮熟的小虾，西红柿，百里香嫩枝，柠檬，酸橙，橄榄油，盐，三个蒜瓣，她准备做浓味海鲜汤。

金伯莉已经在桌首放了第二个红酒杯。她三十九岁，高挑，苗条，漂亮，是一名大学教授。她渴望这个电话。她已经一星期没有跟桑迪说话了，圣诞节时她们为了桑迪行期的长短吵过一架，之后就没有再说话。这个电话成了一种遥远的记忆，一次快要被淡忘的心跳。金伯莉听着酒水汩汩流过杯壁的声音，对她来说这是这个季节的本质：孤独，思念，美。她拿过一把勺子，开始搅拌。

十一

眼看九月底了，交稿日期近在眼前，但是他被困住了，担心这个故事没完没了。他可以留在金伯莉这里，也可以返回阿富汗，也可以悄悄回到过去，也可以跟随乔尔，那天晚上和他的心上人（我们姑且叫她特蕾西）去露天看台，或者，他可以下山，到其他海军陆战兵正在聚会的地方，也可以追随卫星的轨迹，也可以回到桑迪最初的恋人那儿，也可以召来雪花，让它们在茫茫黑夜里飘舞。

他在海边的诺曼底。埃特勒塔海滩上的海浪如同丝带和搭扣。

十二

这句话在他脑海里挥之不去：生者与死者。

十三

一个声音粒子是怎样顺着电话线传输过去的？桑迪是怎样刚说出一个简单的句子，喉部肌肉就缩紧了？金伯莉是怎样一听见铃声，手就已经在空间移动，去拿那部白色的厨房电话？乔尔是怎样感到对特蕾西产生了强烈的欲望？（午夜的露天看台到底会是什么样子？）（顺便问问，乔治的父亲到底是谁？）（金伯莉在大学里教什么？）（她是在校园里认识桑迪的吗？）（桑迪当时在学什么呢？）（桑迪是什么时候搬离俄亥俄的？）（她是分手之后加入海军陆战队的吗？）（她认识金伯莉之前结婚了吗？）（她纹在手上的字母代表了什么？）（她想要自己的孩子吗？）人的声音是怎么穿越半个世界的？是通过海底电缆，还是通过卫星发射？一个夸克是怎么传输至另一个夸克的？金伯莉的声音和桑迪的声音之间有多少秒延迟？在她们不知道的情况下，是否会有一颗子弹穿越那个距离？这个故事的结尾是否还会有人死亡？（科伦加尔山谷有女子作战队吗？）（真有勃朗宁 M-57 这样的东西存在吗？）打电话有多么私密呢？有谁会在监听呢？我们能不能创造一个全新的人物，比如坎布尔的一个特工，阴险歹毒的化身，正在窃听桑迪说话？我们能不能看见他在那儿，戴着耳机，残忍，恶毒，充满敌意？

或者说说他自己童年时在都柏林的那些除夕夜？他能不能重新隐入其中？父亲以前经常唱的那首歌叫什么？或者说说他时常半夜跑到科伦基路，敲响平底锅迎接新年的那些日子？或者说说一月总是给他童年带来的那种希望感？

然而更重要的——也许最重要的——是桑迪打通电话后发生了什么？当她听见金伯莉的声音时，她的血液里会激荡怎样的情感？她们之间会形成什么强烈的欲望？或者，什么样的沉默会使电话线出现空白？如果她们又吵起来会怎么样？桑迪会描绘她所在的沙坑吗？她会试着表述这种黑暗吗？那些漂亮的牙齿会在寒冷中“的的”打战吗？金伯莉会立刻打开话匣子，让她的年轻恋人哈哈大笑吗？玻璃杯里的白葡萄酒会消失吗？她会谈到那锅浓味海鲜汤吗？她究竟会不会使用“爱”这个字眼呢？乔尔对桑迪说的第一句话是什么？他会把特蕾西的事告诉她吗？他会告诉桑迪他今晚要去露天看台吗？乔尔的父亲（我们姑且叫他保罗，住在北边，新罕布什尔州的一座大学城，是生物学家，一名反战活动家）他听说过这些事吗？他和金伯莉已经疏远了多少年？桑迪有没有见过他？这通电话最终会持续多久？如果卫星突然失控会怎么样？

这个除夕之夜，他自己的孩子会在哪里？

我们怎么回到最初那个十分简单的想法？我们怎么和桑迪一起坐在她孤独的前哨？我们怎么眺望茫茫的黑夜？

（还有，那个死去的海军陆战兵到底是谁呢？）

重回十三

电话铃响了：响了又响，响了又响。

Sh'khol

这是他们第一次在戈尔韦一起过圣诞节，母亲和儿子。小木屋隐蔽地坐落在大西洋沿岸，蓝色的窗，石板瓦屋顶，掩映在一片悬铃木树丛边。树枝被风吹得朝内陆弯曲。白色的浪花从海上刮过来，轻轻落在后花园高高的树篱上。

白天，丽贝卡能听见海浪有节奏地涌向海岸又退回去。夜里，这声音似乎高了一倍。

即使在十二月寒冷潮湿的夜晚，她也开着窗户睡觉，听着海浪一阵阵拍打下面的矮崖，磨砺那一段石墙，朝房子席卷而来，随即似乎停住，犹豫片刻，然后炸裂。

圣诞节的早晨，她把给他的礼物放在壁炉边。装在箱子里，用纸包着，系着红丝带。托马斯把包裹撕开，捆着的礼物落在他脚下。起初他不知道是什么：他拎起裤腿，然后抓住裤腰，把它倒过来，贴在自己胸前，黑色的一片。

她把手伸到圣诞树后，拿出第二个包裹：橡胶靴和一顶风帽。托马斯脱掉鞋子和衬衫：他精瘦结实，肤色苍白。他脱裤子时，她把目光移开了。

潜水服穿在他身上直晃荡：她买大了两号，这样他长着长着就合适了。他张开双臂，在房间里转圈：她几个月没见他这么高兴了。

丽贝卡向他示意，几小时后他们要去海边。

十三岁的他，经历可以写满一本书。他六岁那年，她在海参崴领养了他。她去那家孤儿院时，看见他蜷缩在一个秋千下。头发是浅黄色的，眼睛蓝得透明。脖子上有溃疡。腰部也有细细长长的伤疤。他的牙床柔软、渗血。他天生耳聋，可是当她喊出他名字时，他迅速朝她转过身来：一个征兆，她对此深信不疑。

他身世中的一些细节，对她来说始终是个谜：他人生的最初几年，她一无所知的他的祖先，他出生在垃圾堆附近的传言。可能的遗传病：汞中毒，辐射病，遭受过毒打。

她很清楚给自己找了什么麻烦，但当时她和阿兰在一起。他们住在一家俯瞰阿穆尔湾的破旧旅馆里。白天忙着买通关系，紧张不安。深夜里焦躁的电话。等候室里漫长的等待。一张胎儿乙醇综合征的诊断使他们犹豫了起来。但六个星期后他们离开时，还是把托马斯夹在了两人中间。飞行途中，男孩一直把脑袋靠在她肩上。在都柏林入关时，她的手指在文件上颤抖。阿兰签字后，戳子盖了下来。她一把抓住托马斯的手，大笑着，带他跑过到达大厅：那天是她四十一岁生日。

那时候的日子很好：斯泰帕斯的一座三居室房子，数不清的辅导员、治疗师、语音专家，就连她的父母也出手相助。

如今，七年过去，她已离婚，住在西部，父母已经过世，她的负担增加了一倍。她的存款捉襟见肘。账单一张接一张塞进信箱。还听说戈尔韦的那所特殊学校可能要关闭。但她不习惯怨天尤人或大声诉苦。她把希伯来语翻译成英语以维持生计——结婚誓言，商业合同，文化宣传册。特拉维夫一家左翼出版商的一两本小说：报酬少得可怜，但她愿意涉足那个他者的世界，书是一种对抗冷漠的坚持。

四十八岁的她，风韵犹存，依旧是橄榄色的皮肤，黑亮的双眸，曲线流畅的鹰钩鼻。她头发乌黑，体型清瘦而柔韧。她在小村里与人相处融洽，虽然她跟儿子醒目的黄头发形成了强烈反差。她喜欢爱尔兰语区，喜欢变幻的气候、强光和来自大西洋的风。他们穿着厚衣服抵御严寒，顺着码头往前走，周围都是龙虾篓、一盘盘绳索和快要散架的渔船。雨水啪啪地打在关着百叶窗的商店窗户上。冬天没有游客。在超市里，当地的女人经常盯着他们看：丽贝克不止一次被问及她是不是 *bean cabhrach*，这是她喜欢的一个词——帮佣、保姆、助产士。

她对他的爱里有一种尖锐而强烈的兴奋。未知的存在。从童年出发的旅程。踏入一个未来的自我。

有时候，托马斯抓着她的手，靠在她的肩头，他们驱车穿过村庄回家，经过废弃的校舍，经过那些刷成白色的平房。她想要紧紧抓住他，隐藏他，完全接受他遭遇的一切。最重要的，她想发现那十分苍白的肌肤下会冒出一个什么样的男人。

圣诞节的整个上午，托马斯都穿着潜水服。他躺在地板上，玩电子游戏，手指灵巧地在手柄上游走。丽贝卡从老花镜的边缘注视着他袖子上灰色条纹的移动。她知道，那是一种她不应该允许的游戏——坦克、战壕、曳光子弹——但这是为一小时安宁做出的小小牺牲。

这个圣诞节没有愤怒，没有争吵，没有眼泪。

中午，她示意他做好准备：天光暗得很早。她自己有两件潜水服在卧室的衣橱里，但她随它们挂着，穿上运动鞋和滑雪衫，戴上一条厚围巾。托马斯在门口套上他的粗呢大衣，衣摆宽松地垂到橡胶靴周围。

——泡一下就出来，她用爱尔兰语说。

没有办法了解托马斯能听懂多少语言。他会最基本的手势语，但是她能从他身体的姿势、肩膀的形状、嘴巴的动作看出一两点意思。多数情况下，她是看着他的眼睛猜的。他身上有一种顽皮的帅气：是的，眼睛本身很小，但很机敏。他并没有胎儿乙醇综合征的其他身体症状，不是高额头，不是薄嘴唇，人中也不平。

他们走进一束光，那么清澈和明亮，似乎是骨质的。就在那堵矮墙边，一片云飘过，那光又变得灰暗。几个散乱的雨点打在他们脸上。

这就是她喜爱爱尔兰西部的原因：天气像电影里的一样。风暴随时都会刮起，片刻之后，乌云便会散开，露出蓝天。

屋子最下面的一段墙用金属管加固了。泥瓦工做得非常糟糕，违背了所有的地方传统，但是风在空管子的管口刮过，一连串意外的呼啸声划破空气。托马斯用手逐一拂过那些管子，调整着这首墙之歌。她相信他的手指能测出金属的振动。类似这样的点滴时光，悄悄爬上来，把她切开。

往海边走到一半的时候，他突然开始学查理·卓别林走路——弯腰顶着大风，手里旋着一根不存在的拐杖，两个脚尖分开朝向两边。他冲上一个沙丘，看见了大海，嘴里发出欢呼的声音。她大声叫他等一等：这是习惯，其实他已经转过身来。他停在悬崖边缘，原地踏步。简直模仿得惟妙惟肖。他在哪里看见过卓别林？难道是某个电子游戏？某个电视节目？有时候她想，不管医生怎么说，将来某一天他或许仍能敲开她对他抱有的那些不可能的憧憬。

在悬崖上，在那根花岗岩海蚀柱的上方，他们停住了。海浪匆匆奔向海滩，一道道长长的白色涂鸦。她拍了拍他后腰上潜水服隆起的地方。橡胶风帽框住了他的脸。他的黄头发支棱出来。

——待在水浅的地方。答应我。

她在他后面蹲着跑。野草碰着她的手指凉凉的。她的脚在烂泥里往前滑，从小礁石掉进了下面粗糙的碎石堆。礁石上布满海草，滑滑的。一只小螃蟹在幽暗的水坑里爬过。

托马斯已经进入齐膝深的浅水湾。

——别再往前走了，她大声喊。

她小时候是个游泳健将，曾代表都柏林和伦斯特参加比赛。童年的卧室里有一排排奖章。一个布鲁塞尔的冠军奖杯。听说美国一所大学要给她奖学金：一次肩袖损伤使这一切戛然而止。

她曾在温暖的夏季教托马斯游泳。托马斯知道规则。不许潜水。必须待在浅水区。永远不许靠近海蚀柱的底部。

有两次他似乎要绕过那块黑色礁石，进入深水区：一次是他看见了一个帆板运动员，还有一次是一艘黄色皮艇疾驰而过。

她挥舞双臂：不许再过去了，亲爱的，好吗？

他回到她身边，用手高高撩起浅处的水朝她泼来，两个胳膊的动作都模仿卓别林。

——拜托，别这样，丽贝卡轻声说。你把我身上弄湿了。

他又朝她泼水，转过身，潜入水下十秒、十四秒、十五秒、十八秒，在十米之外浮出水面，使劲地喘气。

——行了，快过来。拜托。来吧。

托马斯朝海蚀柱游去，双脚黑色的轮廓消失在海水里。她注视着他的潜水服在海面下波动。一个长长的、光滑的身影。

一群海鸟嘲弄地聚集在低浪上空。她的身体僵住了。她又向前移了移，等待着。

她想，我犯了一个可怕的错误。

她脱掉外套，潜入水中。全身冷得打了个激灵，寒意迅速在她的肌肤蔓延。

她从水里爬出来，立刻意识到手机还在牛仔裤口袋里。她抠下电池，把水抖掉。

托马斯躺在沙子上，仰望天空。他的蓝眼睛。他的红脸庞。他的肿胀的嘴唇。刚才把他从小海湾里拉出来并不费力。他没有挣扎。她游在他身后，双手轻轻放在他的肩膀后面，把他拽上了岸。他躺在那儿，脸带微笑。

她甩了甩湿漉漉的头发，转向悬崖的方向。她扭头看了一眼，一种如释重负的感觉掠过她的后背：他跟上来了。

小木屋突然显得这么与世隔绝：蓝色的小窗，色彩鲜艳的半截门。他站在地板中央的一汪水中，嘴唇在颤抖。

丽贝卡把手机放在一袋大米里，吸收潮气，她把袋子晃了晃。没有备用手机。没有固定电话。圣诞节。阿兰。他连电话也没打一个。他早就该打来的。想到他此刻在都柏林，跟新的家人在一起，他们整洁的屋子，他们的圣诞装饰，他们的戏码。一个简单的电话，她想，根本不费什么事。

——你爸爸从来不打电话，她在屋里走动时说道。

她不知道这句话有没有得到正确理解，如果答案是肯定的，那么它触及核心了吗：你爸爸，d'athair，abba？内核里什么在咔咔响？他究竟能捕捉到多少？戈尔韦的专家说他的理解能力非常有限，可是他们从来都说不准，没有人能测出那个深度。

丽贝卡拉下潜水服的拉链，轻轻脱掉橡胶靴。他皮肤紧绷绷的，带有小涡。他把脑袋靠在她的肩头。他嘴里发出一声低低的呜咽。

她感到自己松弛下来，把他搂进怀里，他冰冷的面颊贴着她的锁骨。

——你刚才把我吓坏了，亲爱的，没事了。

夜幕降临时，他们坐下来吃晚饭——火鸡，土豆，从戈尔韦一家有机食品商店买来的一个李子布丁。在都柏林，她从小就受古老的光明节仪式的熏陶。在她的家族里，她是第一个嫁给了不同信仰的人，但她的父母能够理解：爱尔兰的犹太人已经所剩无几。有时候她想应该重建那些节日仪式，但是留下来的很少，只依稀记得太阳落山后走在拉思加尔街上，数窗户后面的犹太教大烛台。时间一年年过去，数量越来越少。

晚餐吃到一半，他们戴上节日帽，拉响纸花炮，展开花炮里的笑话。一杯波尔图葡萄酒是她的。一瓶橘子汽水是托马斯的。一盒花街巧克力。他们一起躺在长沙发上，他的面颊靠在她肩头，沉默将他们包围。

她打开一本蓝色的旧精装书。娜杰日达·曼德尔施塔姆。

托马斯点开遥控器，拿起游戏手柄。他的手指在键盘上轻快地跳动：钢琴家的精湛技艺。她猜想他的父母除了酗酒，是否还很有天赋，他们是否曾在音乐学院的高窗里往外眺望，或者绘出大胆前卫的油画，或者在诗歌的领域里苦思冥想、辛勤耕耘——有点感情用事，她知道，但是值得，一线渺茫的希望，结构复杂的神经元中的一点微光。

圣诞节的夜晚慢慢过去，窗外的天光渐变为黑暗。

睡觉前，她用盖尔语给他读一本古代爱尔兰神话集。神话很有音乐感。他的眼睛在扑闪。她等待着。他的躁动。他的愤怒。夜怒，这是医生的说法。

她理理他的头发，但是托马斯一扭身子，胳膊突然挥击。他的臂肘撞到她的下巴一侧。她摸摸有无出血。手指上出现一抹血迹。她用舌头舔舔牙齿。完好无损。还不算太糟糕。也许明天会有一块瘀青。在村里的小店又多了一项要解释的东西。Timpiste beag。一个小意外，不用担心。Na bac leis。

她朝他探过身，双臂固定成一个三角形，这样他就不会把脑袋往墙上撞。

她的呼吸撩动了他的刘海。他的皮肤上有斑斑点点的黑色小粉刺。刚步入青春期。今后的岁月会发生什么，当他身体的意志超过了她自己的体力？她还能怎么控制住他呢？她需要什么训练、什么约束办法？

她凑到他面前，他的脑袋垂下来，碰到了她柔软的胸脯。一眨眼间，他又在被窝里剧烈扑打。他睁着眼睛。他咬牙切齿。他脸上的那副表情：有时她怀疑恐惧是否慢慢向仇恨靠近。

她从床底下拿出一个红色鞋盒。里面放着一个黑色弹力皮头盔。她把它取出来。头盔侧面用银色记号笔写着“克罗克俱乐部神力无限!”，是阿兰当年打曲棍球时戴的。如果托马斯醒过来，又开始东撞西撞，这可以保护他。

她托起他的后脑勺，轻轻给他戴上头盔，把头发塞进去，在下巴底下扣好搭扣。她温和地撬开他的嘴，把一片定型泡沫塞在他的齿间，这样牙齿不会咬碎。

有一次他睡着时咬了她的手指，她给自己缝了两针——她从妈妈那儿学到的古老技艺。现在她的左手食指上还有一道伤疤：一枚红色的小镰刀。

她在单人床上挨着他入睡，很快又醒过来，不知道自己身在何处：闹钟上的红色数字在闪动。

手机，她想起来了。必须查看一下手机。

她到冰箱去拿一瓶白葡萄酒，把卧室的炉火拨旺，往立体声音响里放了一张斯维亚托斯拉夫·里赫特①，放好枕头，把毯子拉到胸口，打开瓶子倒酒。葡萄酒撞在玻璃杯上发出柔和的声响，可以把睡眠点燃。

早晨，托马斯不见了。

她睡眼惺忪地起床，把毯子紧紧裹在脖子周围。大片阳光透过光秃的悬铃木照过来。她把枕头凉的一面翻过来。时间

---

① 斯维亚托斯拉夫·里赫特（1915—1997），出生于乌克兰日托米尔州，被公认为是20世纪最伟大的钢琴大师之一，以极广的演奏曲目范围，举重若轻的技术以及富有诗意的分句闻名。

让她吃了一惊。已经九点了。她的呼吸里还有酒味，床头柜上放着绿色的空酒瓶：她隐约感到自己有些淫荡。她倾听周围的动静。没玩电子游戏，没开电视。一股劲风在小木屋里蹿动，可能有一扇窗户开了。她裹着毯子站起身。冰冷的地板刺痛了她赤裸的脚。她把手机摁开。手机闪了闪，发出哔哔声，又死机了。

客厅里没有人。她推开他的房间，看见床单像舌头一样耷拉着，头盔扔在地上。她松开裹在肩头的毯子，检查了一下床底下，打开衣橱的门。

客厅里，那个挂潜水服的钩子空了。

前门的上半截仍然闩着。下半截打开了，在风中仓皇摇晃。她猫下腰，身上只穿着睡衣。屋外的草被霜冻得生脆。寒意渗入她的脚趾缝。他的名字从树梢上扔还给她。

粗大的荒草重重抽打着她的胫骨。风在石墙的管子上奏响它的歌曲。她看见悬崖边缘有东西在快速移动——一个躬着背的身影，冲下来，顺着悬崖蹦蹦跳跳地远去。几秒钟后，又出现了，像是从海里冒出来的。一头公羊，犄角弯曲而锋利。它在荒野上奔跑，穿过灌木丛的豁口。

丽贝卡低头看了看小海湾。礁石上没有鞋子。没有花呢大衣。什么也没有。也许他根本没上这儿来。老天爷啊，潜水服。她压根儿不应该买的。就为了省钱买大了两号。

她顺着悬崖往前跑，向海蚀柱周围张望。风刮得很猛。海面上银色和黑色相间，像古老而斑驳的镜子。是谁在那儿？也许是一艘沿岸警卫船。或是一条早起的快艇。某种渔船。风从大西洋上刷刷吹来。她脑海里响起阿兰的声音。你给他买了什么？一套潜水服？天哪，搞什么名堂？他会游多远呢？那边有网。他可能会被缠住。

——托——马斯！

也许他能听见。声音在他耳朵里回荡，也许，水的振动能唤醒他的鼓膜。

她扫视着海浪。确定方位。见鬼，振作起来。

她转身走回小木屋时，仿佛能从高处看见她自己：她的睡衣，她光着的脚，她披散的头发，向她袭来的潮湿的海风。没有手机，没有该死的手机。她只能去开车。开到镇上。去找警察。可是，警察局在哪儿呢？她为什么不知道？有哪些邻居可能在家？你给他买了什么？你是怎么当妈的？你喝了多少酒？胎儿酒精中毒。

风吹弯了荒草。她在矮墙上深一脚浅一脚地走，进入花园，脚踝突然感到一阵剧痛。小木屋后面，树都在行屈膝礼。树枝在墙上投下斑驳的影子。半截门在铰链上摇晃。她猫下腰，再次走进他的卧室。克罗克俱乐部神力无限！

手机还是不能用。

在厨房的操作台上，她把电脑打开。屏幕突然闪亮——六岁的托马斯，在格兰达洛，金黄的头发，红短裤，穿过草地走向湖边，衬衫随风飘摆。她打开网络电话，拨出她唯一记得的号码。响第六声时，阿兰接了。天哪。她做了什么？她该死的脑子出毛病了吗？他要报警，还要通知沿岸警卫，可是他从都柏林开车过来要三四个小时。找到他给我打电话。快。快去找到他。该死的，丽贝卡。他挂断电话，凶狠的沉默突然袭来。

她关闭网络电话，屏幕上的那张托马斯的照片再次出现。

她跑进自己的卧室，费力地套上她的旧潜水服。它擦痛了她的身体，紧绷在她的胸口，硬硬地摩擦她的脖子。

外面压着层层乌云。她扫了一眼地平线。远处的岛屿隆起，像一条条鲸鱼。灰色的海水，灰色的天空。他很可能向北游了。那边的水流较缓。他们夏天去过那个方向。始终靠着岸边。注意海水的流向。海浪在那里泛着泡沫撞向礁石，又转个弯退回去。

一条小渔船在海湾的远端拖饵钓鱼。丽贝卡朝它挥动双手——这很荒唐，她知道——她顺着悬崖正面爬下来，双脚在潮湿的小径上打滑。

她往海滩走，走到一半停住了：托马斯的网球鞋在那儿，鞋尖整齐地朝向大海。她刚才怎么没看见呢？她会永远记得这一幕，她知道：她把鞋子转过来，似乎他随时都会穿上它们，脚步沉重地返回温暖的小木屋。

沙滩上没有脚印：沙子太粗粝了。也没有外套。他把花呢大衣留在家里了？体温过低。几分钟人就会撑不住了。她买的潜水服那么大。他更有可能被人发现。他会停在哪里呢？他已经游了多远？她醒来得太晚了。酒。她喝了那么多酒。

她把一个游泳帽狠狠套在头发上，使劲拉上潜水服的拉链。拉链的链齿不太灵活。

丽贝卡蹚进水里，潜入水下。寒冷刺穿了她。她的双臂一次次抬起。她停下，扭头扫了一眼，强迫自己往前游。一侧的肩膀疼。每划一下她都看见他的脸：黑色的风帽，他金黄的头发，他的蓝眼睛。

游过了海蚀柱，她顺着海岸线继续往前，海浪声灌进耳朵，也是一种耳聋，血液在离开她的手指、脚趾和大脑。

八个月前，特拉维夫的出版商寄来一部中篇小说，是一个在拿撒勒的以色列人写的一个很美的故事：她认为它是一篇重要的作品。

她立刻着手翻译，那是一对中年夫妇痛失两个孩子的故事。她碰到了 sh'khol 这个词，想用一个词把它翻译过来，可是没有找到特别合适的。当然啦，寡妇、鳏夫和孤儿都有各自对应的词，唯独没有一个名词或形容词的意思是失去孩子的家长。爱尔兰语里也没有。她还查了俄语、法语、德语和其他语言，却只在梵语里找到同源词 vilomah，而在阿拉伯语里，失去孩子的母亲是 thakla，失去孩子的父亲是 mathkool。英语里仍然没有这样的词。她为此踌躇了好几天。她想要忠实原文，定义那看不见摸不着的意思，扯开，撕裂，偷走。最后，她选了比较正式的 bereaved（丧亲），她认为不够精确，没有神秘感，没有音乐性，几乎不能算是恰当的翻译，bereaved。

差不多中午的时候，有人揪住她潜水服的脖领，把她拽进去。一条沿岸警卫船。船上四个男人。她摔在甲板上，面朝那些木板，上气不接下气。他们把她抬到船舱。围在她身边。一个面罩。各种管子。他们的脸：模模糊糊，看不真切。他们的说话声。氧气。一只手在摸她的额头。一根手指搭在她手腕上。水的重量仍然压迫着她。她的牙齿在打战。她想站起来。

——让我回去，她恳求道。

寒冷在她体内烧灼。她的肩膀好像被拽脱了臼。

——坐着别动，你不会有事的。不要动弹。

他们用几条保温毯裹住她，给她按摩手指和脚趾，两次拍打她的面颊，动作很轻，好像要唤醒她。

——巴林顿太太。你能听见我说话吗？

在船长的那双蓝眼睛里，她看见托马斯出现、消失。她抚摸他的脸，可是她的手碰到了硬扎扎的胡子。

船长先用英语对她说话，然后用爱尔兰语，语气里透着一种尖锐。她确信托马斯去游泳了吗？他会不会去了别的地方？他以前做过这样的事吗？他穿着什么衣服？他带手机了吗？他在海岸附近有朋友吗？

她又一次想站起来，船长制止了她。

风撞击着船舱的窗户，使海浪卷起白色的浪峰。几只海鸟像耍杂技一样在海面上空疾飞。丽贝卡看了一眼墙上的海事地图，那张用线条和色彩绘制的巨幅航海图。她内心升起一种灼热的忧伤。她的目光越过船尾，越过越来越宽的尾波。收音机发出噪音：十几个不同的声音在说话。

她正在发出，她知道，动物般的声音。

船突然减速，开进一个下水滑道。一小片水花溅到她脸上，针扎一般。她没有认出这块地方。蓝色的天光中，一盏路灯仍然亮着。亮光微弱，预示着黑暗。旁观者挤在他们的汽车旁，朝她指指点点。一道道红光和蓝光砍向树梢。丽贝卡感到一只手搭在她肩上。船长护送她走过码头。她身上的一条毯子滑落了。她立刻意识到自己穿着潜水服：紧绷，暗黑，寒冷。一阵窃窃私语。她被这无边的寂静击中，鸦雀无声，一丝风也没有。

她转过身，挣脱出来，撒腿奔跑。Sh'khol。

他们第二次把她从水里拽上来时，她看见一个男人匆匆朝她走来，他拿着手机，盯着屏幕拍摄她从灰色的浅浪中出来的画面。他拿着手机就像拿着一个指控：她知道，当晚她就会出现在网上。

——托马斯，他们把她塞进车里时，她喃喃低语。

到了家里，镇静剂使她安静下来。一位女警察坐在房间的角落里，一言不发，注视着她，双手捧着茶杯和杯托。透过大玻璃窗，丽贝卡看见一些身影在徘徊和不断扭头张望。其中一个似乎在本子上草草记录。

警察驻扎在客厅里。每隔一会儿，就有电话响起。一辆辆汽车拐进小木屋外狭窄的小道，轮胎在砾石路上发出刺耳的声音。

有人在外面抽烟。她能闻到房子里飘着一丝烟味。她起身去关卧室的窗户。某件事结束了，她想。某件事完结了。她不能确定这感觉从何而来。

她停了一会儿，踩着地板大步走向卧室。女警察放下交叉的双腿，但没有从藤椅上起身。丽贝卡大步走了出去。客厅里安静下来，只有警用无线电的静电干扰声。桌上有个酒瓶。一顶丢弃的派对帽。圣诞晚餐的残羹冷炙堆在水池里，被洗碗的水泡得发胀。

——我要加入搜寻队。

——你最好留在这儿。

——他听不见哨音，他耳朵是聋的。

——你最好留在小木屋里，巴林顿太太。

她感觉自己好像嚼了一块铝，脑袋的疼痛突然冷却。

——马库斯。我姓马库斯。丽贝卡·马库斯。

她推开托马斯房间的门。两位便衣警察正在检查他的抽屉柜。他床上放着一个小塑料袋，标着一系列号码：里面有几绺头发。黄色的，很细。刑警朝她转过身来。

——我想拿他的睡衣，她说。

——对不起，小姐。我们不能让你拿任何东西。

——我只想要他的睡衣。

——有个问题想问你，如果你不介意的话。

刑警走过来时，她能闻到他身上残留的肉桂味，像圣诞节使用的某种香料。他如此突然地抛出这个问题，像在她身上擦一根火柴。

——你那块瘀青是怎么来的？

她的手立刻去摸脸。她感觉好像有个锯齿形物体从体内被拽出去，撕裂了她的上颚。

外面，暮色已经笼罩一切。

——不知道，她说。

一个女人独自抚养一个男孩。在西部的一座小木屋里。到处扔着空酒瓶。她扭头看去：另外几位警察正从客厅注视着她。她听见浴室里传来哗啦啦的药片声。在仔细清查她的药物。另一位在搜查她的书架。《铁山》。《工厂化农业》。《犹太教祈祷文》。《美丽家居》。《长日留痕》。这么说，她受到了怀疑。她突然感到陷入困境。丽贝卡挺直身子，返身走回客厅。

——叫外面那个人别抽烟了，她说。

他顺着小道过来，摁响汽车喇叭，摇下车窗，示意警察过去：我是孩子的父亲。

阿兰减掉了他偶尔贪杯的双下巴。消瘦的外表使他变得严厉。她想寻觅昔日那个阿兰的影子，然而他胡子刮得干干净净，浑身透着一种深守规矩的气息，花呢外套，一条细领带推抵到脖子下，宽松裤上有一道折痕。他好像是以第三人称给自己穿衣服的。

他在门边把脸埋进托马斯的花呢大衣里，然后戏剧性地跪下，但起身跟她走进她的卧室时，小心地擦去了裤子上的污泥。

角落里的女警察站起来，露出不安的微笑。丽贝克扫了一眼穿衣镜里的自己：浮肿，披头散发。阿兰在房间里踱步。

——我想单独跟我的妻子待一会儿。

丽贝卡抬起头。妻子：这像一个会保留在纸上的词，虽然那页纸本身已被投入黑暗。

阿兰重新调整一下藤椅，发出一声长长的叹息。显然，他在寻找不幸带来的短暂的优越感。他需要丧子之痛使他获得优越感。她为什么没有醒来？他问。当时她卧室的门是开着还是关着？她没有听见闹钟响吗？托马斯吃早饭了没有？他能游多远？你为什么不给他买一套合身的潜水服？你为什么不把潜水服藏起来？你给他设定界限了吗？你知道他需要界限。

她想到往昔在都柏林山区的生活，擦得锃亮的厨房，白色的电器，鹅卵石车道上的德国汽车，修剪过的灌木，报警系统，安全摄像头，界限，是的，这个词能延伸多远才反弹回来。

——他戴手套了吗?

——哦，别问了，求求你，阿兰。

——我需要知道。

钟上的红灯在闪亮。已经十二个小时了。她躺在床上。

——没有，他没有戴手套，阿兰。

她无法把那个以色列的故事从脑海中赶走。一对阿拉伯夫妇，五年间因为两种疾病失去了他们的孩子：一个是肺炎，另一个是一种罕见的血液病。那是一个简单的故事——小，私密，强烈。父亲是以色列海法码头区的吊车司机，母亲是一家瓦楞纸工厂的秘书。他们原本普通的生活被彻底摧毁。两个孩子死后，父亲把他们的东西装满一个船运集装箱，然后用大吊车和天钩每天一点一点地把它挪到自家院子里的一个地方，依着海的方向小心翼翼放好：黄色的，闪亮的，上着锁的。

——他觉得自己无所不能，是吗?

——哦，上帝，阿兰。

搜寻队在悬崖上散开，空气里响着他们无望的口哨声，她儿子的名字被风刮回来。丽贝卡推开屋后阳台的滑门。红光射过天空。一根悬铃木的树枝碰到她的头发。她伸手去撩。一阵剧痛撕裂她的肩胛骨：她的肩袖。

空气里残留着烟味。她从小木屋后面绕过来。一个女人。便衣。口哨声仍然急促、刺耳地传来。

丧子之痛已在她心里扎根。丽贝卡示意要烟，在过滤嘴上用力地吸了一大口。味道很浓、很臭。她已经多年没抽烟了。

——你知道，他是聋子，她说，把烟喷向一边。

刑警眼睛里闪过一丝温柔。丽贝卡转身回到屋里，穿上外套，走出前门，朝下面的悬崖走去。

一架直升机打破了黑暗的地平线，在小木屋上空盘旋了一阵，直升机的聚光灯照在那些石墙上，最后它猛地往斜刺里拐弯，继续顺着海岸线飞去。

她加入了搜寻者的队伍。他们三个一组，互相挽着手臂。地面坑坑洼洼，布满小丘和碎石。时不时地，她能听见旁边那组传来抽冷气的声音，是一只脚踩到了礁石，或丢失的龙虾篓，或一片垃圾。石墙摸上去冷冰冰的。风钻到一片被丢弃的塑料下面。一小撮一小撮的染色羊毛，在带刺的铁丝网上闪耀：构成红色和蓝色的图案。

在最后的天光里，搜寻小队顺着海岸线曲折前行，走向远处的海滩。几十条船在波浪中往返。古船上的铃铛叮叮作响。一艘戈尔韦渔船驶过，白色的船帆没有张开。一支返航的皮艇队贴着海岸线掠过。

红色的月亮升起：它的美在她看来原始而带有攻击性。她转身朝陆地走去。两个刑警走在她身边。丽贝克感到自己像悬挂在他们中间。手电筒射出圆锥形的白光，扫过越来越浓的黑暗。

在一个被遗弃的、没有屋顶的房子里，周围是铺天盖地的杜鹃花丛，一个电话通过无线电打来：发现一套潜水服，结束。男刑警竖起一根手指，似乎在判断风向。不，不是潜水服，那声音说，高度警惕，不，有东西在动，高度警惕，做好准备，做好准备，发现个活物，在水里浮动，高度警惕，高度警惕，是的，是一具身体，一具身体，他们有所发现，结束，一具身体，结束。

刑警从她身边转过身，走到杂草丛生的门洞里，挡住无线电，在星光下一动不动地站着，直到电话里做了澄清：水里有动静，作废，他们看见的是一头海豹，上一条情报作废，只是一头海豹，重复，作废，结束。

丽贝卡很熟悉海豹女的传说。她想到托马斯如同拉链一般潜入海水，光滑，黑暗，隐秘。

女刑警对着无线电小声说：该死的，当心点，做母亲的在这儿呢。

那个词此刻就在她嘴边：母亲，*mathair*，*em*。他们继续前进，穿过直撅撅的荒草，走进手电光的隧道。

阿兰的衣服叠好放在藤椅上。他的双膝蜷缩在胸口。白色的喉咙里发出浅浅的喘息声。她的枕头上放着一张字条：他们不让我睡在托马斯的房间，你回来就把我叫醒。然后是一个潦草的拜托。

他们叫停了搜寻，等早晨再说，但是她能听见渔船沿海岸行驶，仍在拼命摁响喇叭。

丽贝卡脱下鞋子，放在卧室的炉火边。炉子里只有一点小小的余烬，透出微弱的红光。她牛仔裤的裤脚被泥浆沾湿，沉甸甸的。她没有脱掉裤子。

她走到床边，躺在被子上，扯过一条马毛毯，转身背对阿兰。她凝望窗外，等待一缕亮光升起，分开黑暗。一道手电光闪过，像白色的裹尸布。也许有消息了。他曾在悬崖上挥舞想象中的拐杖。他是从哪儿学会了卓别林的走路方式？真令人感到惊讶。不可探知。在悬崖上把自己如线轴一般解开。

客厅里断断续续传来无线电的静电干扰声。将近十八个小时了。

丽贝卡把脸深深埋进枕头。阿兰在被子下动了动。他把一条胳膊搭上她的肩膀。她一动不动地躺着。他是醒着，还是睡着了？他怎么能睡得着？他的胳膊搂紧了她。他把手伸向她的头发，手指放在她脖子上，大拇指贴着她锁骨的边缘。

那就是没睡着。根本没有睡着。

她把他的胳膊轻轻推开。

又一道手电光从窗外扫过。丽贝卡从床上起来。床头柜上放着一把背部镀金的发刷。发刷里缠着她的几根长长的黑色发丝。她只梳了梳一侧的头发。牛仔裤潮湿的裤脚使她的脚趾变得冰凉，她走向藤椅，在身上盖了条毯子，眺望窗外昏暗的天色。

破晓时分，她看见门微微打开，那位女刑警把脑袋探入门框，两人对视间闪过一丝温情。

阿兰开始在床上动弹，面色苍白，呻吟着像是为自己辩解。他粉红色的脸。日渐稀疏的头发。在她看来，他十分脆弱，就好像快要消失了。

厨房里，水壶已发出嘲哨声。操作台上放着一排茶杯。刑警走上前，碰了碰她的胳膊。丽贝卡的目光跳过去与她对视，刹那间的短暂交融。

——希望你不介意。我们自己动手了。暂时没有消息。

“暂时”一词的出现令她震惊。消息总有一天会来。它的到来不可避免。

——我们从洗衣筐里拿了托马斯的一件衬衫。

——为什么？丽贝卡说。

——给警犬用，刑警说。

丽贝卡突然想抓住那件衬衫，深深吸入它的气息。她伸手去拿水壶，试图用颤抖的双手倒水。这么说来，过会儿要把警犬放到海岬上去。搜寻她的儿子。她扫了一眼玻璃窗里自己的影子，却只看见了他。现在他的脸被框了两圈，框了三圈。海岬上，警犬在奔跑，追逐一头公羊、一只鹰、一只苍鹭。她内心突然感到一阵轻盈。空中划过一道弧线。急速俯冲。她抓住操作台的边缘。缓缓流淌的、闪亮的一片海域。逐渐变得幽黑的水下。冰冷的裹尸布。验尸官，殡仪馆，花环，墓地，葬礼。她感到站立不稳。突然冒出水面。一个海豹女，大口地喘气。她被领到桌旁的一把椅子坐下。她想探身去倒茶。周围七嘴八舌的说话声。她的双手在颤抖。每一种结局都无法低声说出。她突然想到家里没有糖了。他们喝茶需要放糖。她过会儿带托马斯去商店。那个报摊。是的，她就去那儿。沿那条狭窄的小路拐弯往前走。走过那座白色平房。穿过一个红绿灯。和他一起走过肉铺，走过小岛旅游招牌，走过泥炭店，走过关着百叶窗的旅馆，走过放着银色桶的小巷，走进主街的那个报摊。锚形的铃铛叮叮响。黑白相间的油毡布。顺着过道进去。刺鼻的石蜡味。放在龙虾篓上的报纸架，蓝色和橙色的小绳结悬挂下来，大海的古老遗迹。她要远远走出他失踪的消息。面包，饼干，汤料。走向放黄色糖包的架子。我们没有糖可不行，托马斯，在下面第二排架子，相信我，就在那儿，好孩子，快拿吧，拜托，快去拿吧。

她不知道自己是不是把这些话说出来了，当她再次抬起目光时，女刑警已经拿来托马斯的一件衬衫，湿着眼眶把衬衫递过来。那些扣子摸上去凉凉的：丽贝卡把它们贴在面颊上。

小道上传来树枝被擦刮的声音。厢式货车的门打开又关上。她听见一声高亢的狗叫，然后是爪子在砾石路上的杂沓声。

那天上午她在外面的荒野里。一道道阳光渗透下来，洒在海面。微风撩拨着悬崖边缘的荒草。她把托马斯的衬衫穿在自己的衬衫里面，有点紧，很暖和。

海滩上有这么多搜寻者。教师。农夫。手拉手的学生。在水里拖网搜索的船是原来的三倍。

吃午饭时，累得头晕眼花的丽贝卡被带回家里。一种新的寂静悄悄潜入小木屋。警察们进进出出，似乎因长期的训练而有了经验。他们神不知鬼不觉地互相变换。简直好像能偷偷钻进对方的面孔。她多半是通过他们喝茶的样子认出他们的。食物送来了，还附有邻居的字条。几碗水果。烤宽面条。茶叶包和饼干。一个篮子里装着气球，装着各种东西。一段潦草的、向圣克里斯托弗祈祷的祷文，是一个孩子的笔迹。

阿兰挨着她在长沙发上坐下。他把手搭在她的手上。他说，他负责对付媒体采访。她不用为此操心。

她听见远处的海浪拍岸声。一辆电视台的车费力地从小道挤过来，发出嗡嗡的声音。

一家星期天日报打来电话，要出钱买一张照片。阿兰走到小木屋的一角，用手捂住电话，对着话筒低语。她仿佛听到他的啜泣声。

那本以色列小说的纸页散落在她的桌上。空白处潦草记着笔记。在纸页旁边，摊放着曼德尔施塔姆的回忆录，已经读到四分之一。俄罗斯，她想。她必须告诉海参崴的人，让他们知道发生了什么事，填写文件。孤儿院。破败的台阶。高高的窗户。赭石的墙壁。门厅里一幅巨大的画：阿穆尔海湾，夏季，一艘快艇在水里，水，水，永远都是水。她要找到那对父母，说明他们的儿子在爱尔兰西部海岸游泳时失踪了。城市中心的一套小公寓，一张低矮的咖啡桌，满满的烟灰缸，母亲病弱、孤僻，父亲肥胖、野蛮凶狠。是我的错。我给了他一套潜水服。都怪我。请原谅。

她希望日子能够倒退，重新获得早先的那种灿烂，那种可能性，那种倒茶入杯，但是看到黑暗降临她并不意外。

阿兰坐在角落里，蜷缩在他的手机周围。她几乎为他感到一种悲哀，他低唤*亲爱的*，向他那几个亲生的年幼孩子急切地恳求和解释。

她算了算时间：四十八个小时了。那天夜里，躺在他身边，丽贝卡允许他的胳膊搭在自己的腰上。从中获得简单的安慰。她又听见他喃喃地叫她的名字，但她没有转身。

早晨，她起床，出门走到房子后面，露水打湿了她的帆布鞋。电视台的车在小道远处看不见的地方嗡嗡响。她走过拦牛木棚。硬硬的钢筋扎进她的脚底。一条泥泞的小路通向山上。小路中间的草很绿，未经践踏。石墙上布满滑腻的青苔。

高高的树篱上缠着一片旧塑料。她伸手把它摘出来，塞进口袋深处：她不知道为什么。

近旁的树枝在滴水。几只鸟标出它们清晨的领地。以前她只是开车到过小道的这一段。她知道，这是昔日逃荒之路的一部分。

丽贝卡站了片刻：小路上电视台卡车的嗡嗡声似乎中和了大海的节奏。

她在道路的陡坡上探身打开红色大门的横档，踏入泥泞。插销准确、干脆地滑回槽里。她走在小道中间的绿草上，转过第二个弯，走向停在树篱边的电视台卡车。薄纱窗帘映出里面有三个人在打牌。窗帘动了动，但那些人影没动。前座上躺着一个人，睡着了。

一小伙少年挤缩在卡车后面，分享一支香烟，他们的呼吸在寒冷中形成一团团白雾。她走近时，他们互相捅了捅对方。

突然，她停住脚步，被眼前的一幕惊呆了。孤单，悠闲，游荡。他在那伙人后面闲逛，没人注意。一件褐色的猎装挂在他肩头。下面是带兜帽的运动衫。他的裤子卷起几道。鞋带开了，鞋舌左右摇晃。他身上冒着热气，好像走了很长时间的路。

他的嘴微微张着。嘴唇湿漉漉的，沾着唾液。头发里有泥浆和树叶。他右臂下夹着一个黑色的包。包从胳膊底下直往下掉，他边走边用手抓住。一个长长的灰影。是那套潜水服。他拿着潜水服。

Sh'khol。他还没有看见她。他的身体好像拽着后面的影子：缓慢、勉强，但锐利。现在她找到那个词了。阴影。

在她身后，电视台卡车的门开了。有人在喊她的名字。巴林顿太太。她没有转身。她感觉好像开着车在打滑。

她意识到身后一阵忙乱，两个、三个、四个人从车里出来。不敢相信地叫着他的名字。托马斯，是你吗？朝这边转，托马斯。那群少年发出一声大喊。往这儿看。他们掏出了手机。托马斯！托马斯！朝这边转，托马斯。

丽贝卡看见一个毛绒麦克风递到她眼前。它降到她的胸口，她把它推开。一个摄影师在推挤她。又爆发一声大喊。她向前移动。双脚在泥浆里打滑。

托马斯转过身。她把他搂在怀里。一阵喜悦。

她捧住他的脸。苍白的肤色，他的眼白。他的目光属于另一个人，一个有着另一番经历的男孩。

他把潜水服递给她。摸上去冷冰冰的，没有湿。

消息比他们跑得快。他们绕过拐角朝花园走去时，爆发出一片欢呼。阿兰穿着睡衣从小道上跑来，看见电视摄像机，顿时停住，一把抓住棉布睡裤的裤裆。

丽贝卡用肩膀顶着托马斯通过这些夹攻，她用胳膊紧紧搂着他，领他走向前门。

小木屋里，一道长长的亮光把地板染成灰白。那个女刑警站在房间中央。她的名牌闪闪发亮。哈农刑警。丽贝卡突然发现自己又能说出事物的名字了：人，单词，想法。一股热流在她的腰背部弥漫。

托马斯的衣服里飘出淡淡的泥炭烟味。后来她意识到，这是她能得到的有限的几个线索之一。

身后的小木屋里渐渐挤满了人。她看见大玻璃窗前有一个摄影师。她周围的电话铃声此起彼伏。水壶在炉子上发出嘚哨。一种恐惧使托马斯全身绷紧。她需要让他独自待着。摄影师把照相机贴到玻璃窗上。闪光灯猛然亮起时，她把托马斯扭到一边。

晨光在卧室地板上印出一个个小长方形。丽贝卡拉上窗帘。那个头盔还在地上。他的睡衣叠得整整齐齐，放在一把椅子上。她没有理会敲门声。他此刻在发抖。她捧住他的脸，吻他。他把目光转开。

门被迟疑地打开。

——让我们自己待着，拜托。让我们自己待着。

她碰碰他的一侧面颊，从他肩上脱去那件褐色外套。一件猎装。她检查了一下口袋。几个线头。一团绒毛。一盒湿火柴。他抬起双臂。她从他头上脱掉运动衫。他皮肤紧绷绷的，带有小涡。

一片叶子从他的发间掉到地上。她让他转过身，检查他的后背，他的脖子，他的肩胛骨。他身上没有痕迹。没有伤口，没有擦痕。

她低头看着托马斯的裤子。工装裤。实在是太大了。男人的工装裤。用一条带金扣钩的紫色皮带固定住。另一个年代的衣服。低俗。古旧。

一股寒意突然蹿上她的双臂。

——不要，她说。拜托，不要。

她伸手去拉他，可是他把她的手打到一边。身后的房门又被摇响。她转头看见了阿兰的脸：精瘦结实的肌肉，褐色的小眼睛。

——这里需要一位男刑警，她说。快。

医院里，仍是明亮的上午，低矮的走廊里空气凝滞，到处是泥泞的脚印，黄色墙壁朝他们压迫过来，防腐剂的刺鼻气味使她走到窗口，窗外的树木一动不动，海鸥呱呱地从屋顶飞起，她站在那里，准备面对无法想象的一切——各种纷乱的传言、证据和事实——时间一分一秒过去，她在等待医生，走廊里有护士经过，手推车骨碌碌地响，清洁工推着沉重的车子，人类苦难的无尽长河在候诊室进进出出地流淌，城市的每一个故事，每一丝细微表情，每一次脉搏，都推挤着带铁丝网的窗户往里看。

水很冲，很清澈。她用手腕试了试水温。托马斯走进浴室，把红色无袖套衫扔在地上，脱掉身上的卡其裤，穿着白衬衫站在那儿，笨拙地解纽扣。

她过去帮忙，他闪到一旁，示意她离开，一边套上游泳短裤。这么说，她给他洗澡时，他想穿着短裤？有道理，应该这样，她允许他这么做。

房子里又安静下来。只能听见海浪的声音。她把新手机打开。十几条短信。待会儿再处理吧。

她回到浴室，双手捂着眼睛。

——说变……就变！她说。

他站在她面前，苍白，单薄。游泳短裤太紧了。她顺着他扁平的肚子望过去，看见一小片细细的茸毛从肚脐眼那儿延伸。他双脚交替地跳，用双手捂住身体的私密轮廓。

他没有受到侵犯。这是哈农刑警说的。有轻微的脱水，但未受侵犯。未受虐待。没有伤口。没有伤痕。他们做了各种各样的测试。后来刑警在村里四处询问。没有人主动站出来。没有其他线索。

他们想让他下星期去做评估。一位心理学家，她说。那人也许能把发生的每件事拼凑起来，但是丽贝卡知道永远不会有答案，不管怎样寻根究底，不管有多少照片、地图，不管沿着海岸线走多少趟，都无法解开这个谜。很快，她还会和他一起游泳，潜入水下。他们会慢慢进入浅水区。她会注视着他小心绕过海蚀柱。她会引导他避开潮流。也许某个小小的洞悉会显露端倪，但是她知道，她永远不可能完全彻底地弄明白。

他回来了，这个简单的恩赐已经足够。我活着，我在呼吸，我走，我回来。别无所求。我现在在这里，这就够了。

丽贝卡又用手指试了试水温。她扶着托马斯跨过浴缸边沿。他皮肤上起了鸡皮疙瘩。他的肋骨锋利、苍白。他倒在她身上，跨了出来。他发出呻吟。他潮湿的脚趾让她的光脚感到寒意。她扔一条毛巾在他肩头，不让他受凉，然后领着他重新回到水里。他把两只脚都放进浴缸，让温暖蔓延整个身体。他再次用双手捂住短裤前面。她把一只手放在他肩上，温柔地坚持让他跪下。

他顺势滑进了水里。

——这就对了，她用希伯来语说。我们来洗洗这一头乱发。

她坐在浴缸边沿，抓住他的肩胛骨，用一块浮石擦他的后背，把香波揉进他的头发。他的皮肤那么透明。他后背的形状随呼吸改变。她在他头皮上涂了一点护发素。他的头发长长的，很浓密。最近她得把它剪一剪。

托马斯咕哝着，探身向前，拽他的游泳短裤前面。他的肩膀在她的手指下绷紧。她知道是怎么回事了。他弯下身，想要掩饰短裤下的轮廓。丽贝卡站起身，目光没有看他，把肥皂和海绵递给他。

不可能一辈子做孩子。母亲，却是永远的。

——你现在得靠自己了，她说。

她走开，关上门，站在外面的走廊里，听着他粗重的呼吸声和持续的撩水声，在大海若有似无的叩击声中，这节奏分外响亮。

协 议

一

她在一点点地慢慢衰老。现在困扰她的不是早晨起床缓慢，不是视力减退，不是越来越频繁出现的胸口痛，而是记忆力的脆弱——往事一不当心就溜走了，眼前的事情也飘忽不定，有时过去和现在都搅在一起——因此，在电视上看到那个曾对她施虐的人时，她不能确定自己是否出现了幻觉，他从记忆的沙箱里漏出来，冲过三十七年的时光隧道，来嘲笑她犯的可怕错误，抑或这果真是他，此刻出现在晚间西班牙语新闻节目上，淡定，英俊，内敛。

一件挺括的蓝衬衫，敞着领口。黧黑的皮肤衬得牙齿雪白。他刻意端着一副沉着、简慢的态度，他在开会，和另外几个人一起，面前摆着一排麦克风。

他在新闻即将结束时突然出现，使扶手椅里的她猛地往后一缩，惊到了长沙发上的另外两名女教友。

贝弗利举起一只手，让她们放心：没事，对不起，只是我，接着睡吧。

她探身把遥控器的音量调大，可是他的画面已经消失，报道结束了，一名金发碧眼的年轻记者正自信满满地对着镜头。是在泰晤士河边拍摄的。这怎么可能？莫非她看错了画面，把报道搞混了？单是地理位置就使人头晕，没法厘清思路。

最近记忆掉链子的情况发生得太多了。说话杂乱不清，找不到钥匙，忘记名字。词汇如阵雨纷纷落下，然后便是干旱。就在上个星期，她在海湾的沙滩上散步时迷了路，从沙丘出来拐错了一条小径，风抽打着她脚边的荒草。离家三英里，她却不得不请人打电话叫出租车。即使到了那一刻，她还是想不起准确的地址。

拿不准的东西太多了，因此，就连绝对毫无疑问的事情——比如星期几，鞋带的系法，一段祷告的节奏——都变得没有把握了。然而这个男人脸上的某种东西——虽然只是一闪而过——却使她的脊背突然掠过一丝寒意。那个短暂的特写镜头。他在屏幕上、在一排大人物中间的那副派头。究竟是什么呢？是岁月带给他的独特的镇定自若？因为有权使用麦克风？他重新出现时无所顾忌的姿态？那一闪而过的特写镜头？

那个虐待她、强奸她、对她施暴的人。

在房子后面，在朦胧的月光里，贝弗里把手伸进羊毛开衫的口袋，掏她的打火机。

她是教友们中间唯一一个抽烟的。一种古老的习惯，自她在爱尔兰的童年起就养成了，这么多年不管到哪里都保持着：比利时、马赛、哥伦比亚、圣路易斯、巴尔的摩，休斯敦的女孩之家，现在是长岛的南海岸。

她被告知这是一个安静的旅居地。休养一两个月。呼吸新鲜的海风。也该好好休息一阵了。但是她感到这一切注定走向宿命：六十七岁，拎着箱子，来到最后一个朝圣地。

她抖出一支香烟，擦着打火机上的燧石，深深吸了一口。烟令人眩晕。那个咖啡罐里已经装了四分之一的烟灰和烟蒂。那些教友姐妹渐渐容忍了她的嗜好，甚至极不情愿地开始欣赏她，高挑清瘦的爱尔兰修女，独来独往，与别人格格不入。

她注视着寒冷和雾共同塑造空气的形状。在她身后，房子里的灯一盏接一盏熄灭，姐妹们都开始念祷告了。

在天空的衬托下，树光秃秃地挺立着。现在是秋天，金秋时节：她有时想不起来哪个词该用在哪儿。这是小事，每年的这个时候天黑得很早。

她抽了第二支烟，用脚把烟头在荒草里碾灭，弯下身，在冰冷的草叶里找到烟蒂，丢进那个悬着的咖啡罐。

那是他。几乎百分之百是他。

一阵狂风，把她身后的纱门吹得重重关上。她伸出双臂，如同一个新近双目失明的人。眼睛适应黑暗之后，便多少能看清一些。

走进客厅，她停在数字大彩电前。下面那个奇怪的装置上闪着一排小灯：一个分线盒，一个 DVD 机。她用手在电视机边缘摸了一遍，没有找到按钮。她摸黑寻找遥控器，撞到了咖啡桌的侧面。地毯上散出一股霉味。一把掉下的勺子。一张落地的报纸。

直到这时，她才想到擦亮打火机。

在闪亮的火光中，她发现遥控器的头挤在沙发靠垫之间。一排菜单选项，HDM1，HDM2，PC。这年头，需要有核能工程师的本事才能鼓捣开一台机器。她一个个摁过去。吸血鬼。棒球。警匪片。有那么一刻，她很想停在讲摩门教徒妻子的那个频道。

有三个西班牙语频道，彼此挨得很近。不用说，夜间的某个时段肯定会有重播。她拉过一个靠垫，紧贴在肚子上。电子钟在闪烁。她知道有个办法能把节目录下来，甚至让屏幕定格——上星期在看哥伦比亚广播公司一台关于裹尸布的特别节目时，一个姐妹就是这么做的——但是她弄不好会连画面都错过的。

那个报道终于出现了，她从长沙发上滑下去，落到地板上，坐在靠近电视机的地方。伦敦。一系列和平谈判。各方代表聚在一起。桌上竖着一堆麦克风。一排五个男人、两个女人。

她胳膊上的汗毛竖了起来：拜托，上帝，千万别是他。

各种词汇纠结缠绕。*游击队，和平协定，土地权，低端谈话，和解，协议。*

接着他出现了。短短三秒。她把手伸向他的脸，又缩回来。他眼睑松弛的眼睛。他像素模糊的嘴巴。他的脸刮得光光的，人很机敏，头发剪得齐整。他体重增了一点，更加结实。他没有说话，但是不会有错。他具有了一名外交家的气质。

她坐靠到长沙发上，摸索着去掏烟。发发慈悲吧，上帝。帮帮我。

当他扇她耳光时，总是叫她*婊子*①。在丛林的笼子里，他揪住她的头发往后扯，扯得那么狠，她觉得脖子都快断了。低

① 原文为西班牙语。

语声。在她耳畔。似乎他自己也不忍听到那些话。笨蛋[①]。在她被囚禁四个星期的那个藏身处，在她注视毛毛虫顺着墙缝爬的那间白屋子里，他经常大声念报纸给她听，然后撕开她的上衣，把她的乳房咬出血来。

清晨，她被静静坐在床边的安妮姐妹唤醒。窗帘已经拉开一道缝。

她掀开被子，两条腿落下来，寻找拖鞋。她从光线的角度知道自己错过了晨祷。

——我睡过头了。真是抱歉。

——有件事我们必须谈谈，贝弗利。

——好的。

安妮姐妹是一位优雅地老去的女人，虽然一批细密的、如手风琴般的皱纹似乎正匆匆奔向她的颧骨，使她显得有那么一点溃不成军。

——在电视机旁，她说。昨天夜里。

贝弗利过了一会儿才想起昨夜的事，它似乎是从她儿时在戈尔韦的陈年往事中浮现的，亮光迅速一闪，然后缓慢地沉淀。想起了他的脸。她身体上掠过的那股寒意。他精心打造的那种风度，无懈可击，他身上所有新的优势。

——我想我准是突然惊醒的，可能，可能是在做梦。

——哦，真是不幸，但我恐怕不得不请你收敛。

——好的。

---

① 原文为西班牙语。

她不清楚自己必须收敛什么。这里是一家休养所。这些姐妹都不了解她的背景，只知道她曾在南美生活过，这次是从休斯敦来，身体十分衰弱，到这里是为了改善睡眠，仅此而已。

她此刻需要跨越刚醒来眼皮浮肿的时刻。铺床，冲澡，念每日的祷文。

安妮姐妹从椅子里站起身，直到这时，贝弗利才注意到她给自己端来了一杯咖啡，托盘里还有一块饼干。小小的恩赐。

——谢谢你。

安妮姐妹在门口转过身，走廊里的荧光给她镀了一道光环，她轻声说：当然啦，不需要赔钱。

——为什么赔钱？

——贝弗利，地毯被香烟烧了两个洞。

在休斯敦的收容所，女孩们发现有一个能和她们一起抽烟的修女，都感到很惊讶。她们觉得她个子真高啊。高挑姐妹。收容所建在一个诊所旁边。采取的是门户开放政策。女孩们来去自由。走廊里暖烘烘的。早晨在厨房，下午在咨询室，晚上在路灯昏暗的大街小巷巡视：赫尔曼公园，蒙特罗斯，森尼赛德，海勒姆·克拉克，第五病房。在修道院里彻夜不眠。外面是抗议活动。喊叫声。标语海报。大喇叭。她和姐妹们从台上被骂下来。激进分子，反对派。她们从没把自己当成那样的人。那只是个收容所，让女孩们有个地方容身。她向她们提供忠告。少女妈妈。她没有表明政治立场。堕胎，反堕胎，反对女权。那些词都跟她没关系。那似乎是只为商业需要而设计的语言。她想对一切保持沉默，只做出行动。给出自己的肩膀。挽住一条胳膊。感觉到自己的双脚在地面疾走。她夜里工作到很晚。在教堂里，她听着神父责骂她，声音高亢，充满愤怒。她低下自己的头。她接受那些恶语谩骂。她仍然领受圣餐。从原则上说，她从不陪女孩去诊所，但会目送她们过去，完事后挽着她们的胳膊，接她们回来，陪她们经受那些闲言碎语。有时，仅仅几个月后，同一个女孩又回来了，再次怀了孩子。她渐渐感到疲惫。在公共活动室里崩溃三次。最后她们在小礼拜堂发现了她，瘫作一团，鼻子里流出一道鲜血。在市中心的医院里，护士让她照镜子，她大吃一惊：眼睛下面的黑圈像是文上去的。起初，急诊室的医生以为她无家可归。他们粗暴地脱掉她的衣服。她挣扎着把床单拉上来。令他们大惑不解的是她乳房上的伤疤，她拼命掩藏，那些狰狞的锯齿形，如同一些奇异的花饰。

风吹拂着沙丘上的荒草。她穿着蓝色长裙，深色羊毛开衫，外加一件橘黄色的防风夹克。世俗的衣服，一向如此。她已经四十年没有穿任何修会制服，只是上衣里面有个简单的木十字架。

海岸上笼罩着一种洁净、清晰的寂静，偶尔传来的海鸥叫声使其更显洁净和清晰。她觉得似乎沙丘后面藏着一只巨手，把海鸥在大西洋上抛撒出各种图案。远处的海平线上，一艘油轮从视线里消失，像是从大海边缘掉落下去。

贝弗利已把最后几支香烟在羊毛开衫的口袋里揉碎。她喜欢触摸那些颗粒的感觉，让它们从手指间落下，此刻把它们撒在冰冷的沙子里。她不记得自己有不抽烟的时候，即使被囚禁在丛林时也不例外。她把几个烟草颗粒放在舌头上。涩。苦。不会带来什么安慰。他的出现为何让她这么容易就陷入困境？她为何要跟那些姐妹待到那么晚不睡觉？她为何要看那台西班牙语新闻节目？脑子真是鬼使神差。那么，一切并未最后结束？往事浮现，不断浮现。在最隐蔽的地方随意做窝。

她苦苦赎罪这么多年，刻骨铭心的誓言，贫穷，贞洁，顺从。跟医生、专家、神学家们共同努力，弄清到底发生了什么。每天她都去小礼拜堂恳求和祈祷。成百上千个小时，想要深入事情的核心，理解它，掰开揉碎它。他们告诉她，先要原谅自己。这是为了之后能够原谅他。没有自傲，不是假慈善。一个个疗程，体检，精神指导，祈祷。拥抱基督的苦难。忘那一刻的宽恕。她对同情敞开心扉。努力随着时光的流逝把往事置之脑后。日子一天天过去。小房间。漫长的一个个钟头。窗帘拉开又合上。光线消失。发黑的镜子。整天哭泣的日子。罪孽。她剪掉头发。扫去床头柜上的念珠。穿着衣服洗澡。没有燃烧的荆棘，没有光柱。只有一桶酸液，她想在里面溶化。现在他又出现了，阴魂不散。或者，只是她做的一个梦？一次短暂的余震，在地表下波动？是曾经剧痛的伤口处的一次小小跳动？

多年前他们曾告诉她，这种事有可能发生。在圣路易斯，在那家修道院医院里，在密西西比河幽黑的河水边。愤怒。羞愧。虚幻的自尊。耻辱。都会回来的。她用祈祷砌了一堵墙。无论活着还是死去，没有任何东西能把我和你的爱与仁慈分开。如果我穿过大海汹涌的波涛，主啊，我不会溺亡。她一遍遍地重复祷文。石头上摞石头。一堵砌好的墙。然而，现在她怎么会允许他翻墙过来？说到底，他只是电视上的一个人，一个虚幻的画面。可是那么衣冠楚楚。那么道貌岸然。那么抛头露面。他有什么资格谈论和平？他何德何能，得到这样的恩宠？

她顺着道路往回走，经过一张夏天留下的折叠帆布椅，里面的帆布被风吹得扑啦啦响。小路上的沙子转出旋涡形的图案。她把夹棉兜帽拉上来护住脸，用手指捏了捏鼻梁。

步行两英里返回修道院的房子。至少脚下的鞋子很结实。

平底人字拖。用汽车轮胎做的。啪啪地拍打她的脚底。她从吉普车里被拖出来。眼睛蒙着，被开车带走。冲过一条泥泞的小路。竹林里的一片空地。第一天晚上，她的双脚被昆虫叮肿。第二天晚上，它们流血，溃烂。最后他们给了她一双行军橡胶靴。总是在行军。从一处丛林空地转移到另一处。起初他们以为她是人权工作者。她穿着普通人的衣服。她独自工作。无线电泄露出只言片语：她是玛利诺传教会[①]的，是一名修女。他不相信。他扯下她脖子上的木十字架。她一言不发。其他修女都被射杀。她没有什么特殊。她祈祷时，他吐口水。他当时那么年轻。不会超过二十三四岁。已经是一名指挥官，内心的仇恨已硬如铁石，但她相信肯定能找到某个温柔的点。她总是幻想她的话语能落到他眼睛后面，在他记忆中找到一点

① 美国第一个天主教传教修会，玛利诺（Maryknoll）是其在纽约总部地名的音译。

柔软，能刺激他回忆起某段祷告、某句话、某种母性。他对祈祷的旋律全然不知：童年时没有接触过。也没听过童谣。只听过右翼准军事歌曲，而她对那些一无所知。她当时相信总有办法探到他的内心——然而他始终冷淡，心不在焉。哪怕是有别人和她一起被囚禁的时候，救援工作者，激进分子，教授。有一次，一名左翼参议院候选人也被关了几天。丛林里的五个月，加上在一个藏身处的四星期——总共六个月。他很会瞪着人看。长途的迁徙。他面颊上有一颗痣。现在还有吗？昨晚她曾伸出手，触摸那张虚幻的脸，电视机的静电。如果那颗痣不见了，她肯定会注意到。她刚才怎么没想到？她为什么没有把节目录下来？说不定会搞砸，正好就此摆脱他。我做了什么？上帝，宽恕我。

有一次，他解下头上的大手帕，塞进她嘴里，不让她发出声音，因此，直到结束，她只是顺从地躺在那儿，羞耻中隐隐有一种自由，思绪在别处，爱尔兰西部，石墙，雨水没完没了地冲刷大地，她母亲的脸，因耻辱而涨得通红，她父亲出门走向小路的身影，她弟弟顺着道路走远，离开她，那样的童年，一去不返，他的一颗汗珠滴在她鼻梁上，婊子①，他把她的脑袋压在泥土上，婊子，他说话的声音，低沉而克制，婊子②。

身后传来嘟嘟的喇叭声和沙沙的汽车轮胎声，她吃了一惊。已经下起了小毛毛雨。

——回家吗？

---

①② 原文是西班牙语。

安妮姐妹和云姐妹完全同步地朝她探过身，真诚，满怀期待。多么奇怪的词，家。她发现自己想说话，可是语言植根于她的体内，不在嗓子眼里，而是在空空的腹腔，当她回答时，她为声音从她体内升上来而感到吃惊：是的，谢谢，回家，现在有点冷。① 听起来这么错乱和不协调，她不知道自己怎么一不留神就滑进了西班牙语，怎么允许他这么迅速地重新闯进她的生活，而她本来相信他已死去，或已再次隐入丛林，或已消失。

卡洛斯逃跑了。关于暗杀小组的谣传，报应。她持续关注零星爆炸的消息，但从来不允许此事深入她的体表之下，至少去了圣路易斯后就是这样。在那之后，是巴尔的摩的一家避难所，然后是休斯敦的女孩之家。更深的伤口，另外的生活。一个玛利诺外方传教会修女的生活。这么多年来，有人想把她塑造成一个女英雄，名誉领袖，政治签名，她知道他们在她背后窃窃私语，关于出书协议，电影合同。就连她在英格兰的弟弟也想给她拍个纪录片，但是她更愿意想到其他事情，她被捕前在村庄里的生活，广阔无垠的蓝色天空，学校里的孩子，打在铁皮屋顶上的雨点，她小棚屋的泥土地面上腾起的灰尘，教室后面的黄水桶，倾斜着接雨水的木杓子，她香烟盒里的那支粉笔，吉普车里那个有毛病的化油器，她总想把它修好，身体探在发动机上，粉笔在雨水中溶化。

——快点，贝弗利。

她把双手从羊毛开衫的口袋里拿出来，钻进汽车的后座。

---

① 原文是西班牙语。

窗户自动摇上了。

——你会得重感冒的。

云姐妹瘦长的手指在仪表板上轻轻敲响了鼓点。

——我们千万不能错过三点钟的祷告。

“大悲时刻”，是她最炽烈的一次祷告，是基督死在十字架上的时间。在丛林里时，她总是注意听卫兵的收音机，后来几乎能根据阳光照射树丛的角度来判断时间。

——你真的没事吗，贝弗利？

——你穿得不够暖和。

——你肯定冻坏了。

她注视着安妮姐妹调整后视镜。

——你刚才在说什么？

安妮姐妹把汽车开到路上，念珠在方向盘上碰得嗒嗒响。

——哦，没说什么。我脑子有时候会走神。请原谅。冷①。我好像说了有点冷。

两位年长的修女在后视镜里对视片刻。她把目光移开了，庆幸她们没有说话，后来安妮姐妹探身打开收音机里的全国公共广播电台：阿富汗无人机攻击，菲律宾台风，澳大利亚火灾。

汽车驶过寂静的长岛小镇，特色礼品店，咖啡屋，旅行社，插花店，西点铺②。

这座房子是最近被赠送给教堂的。还没有完全改造好供

①② 原文是西班牙语。

教堂之用，所以仍有很多镜子。她到处都能看见自己。有一面镜子在前门大厅，镀金，装潢华丽，能照见前门台阶，人在门口时，看上去既像是走进又像是离开。旋转楼梯的顶上也有一面镜子，就在圣心雕塑旁边，下面摆着一瓶鲜花。走廊上挂着一系列油画，玻璃相框，因此，如果角度不对，她就能看见自己行走的身影。她浴室里也有一面镜子，占据整整一面墙。

起初她想把它遮掩起来，用一块布盖上，但是不想表现得失礼，就尽量视而不见，随它去了。

贝弗利站在那里，没有血色，白皙，赤裸，伤痕累累。她从镜子前迅速转身，跨进淋浴房，拉上滑门。喷出来的水先是冷的，随后慢慢变热。强劲的水流冲击她的腹部、她的肩膀、她的脖子。她用了护发素，冲洗，控干，又往后退了退，用肥皂涂抹双脚和脚趾。她脑袋贴着墙上凉凉的瓷砖。感觉最后几滴水落在了脖子里。

她跨到淋浴房外冰冷的地板上，用毛巾包住脑袋。他咬烂她的乳房后，亲手把它粗粗地缝合起来，把烂肉扯在一起，用一根烧烫的针扎进去，拽着药线穿肉而过。把一瓶防腐剂包起来，系上丝带，当礼物送给她。后来伤口感染，他把她送到营地医院，他们又把她的乳房撕裂开来。在那之后他几星期没有靠近她。她两次把自己的乳房割开，只为了不让他近身。

她背对镜子，擦干身体，穿上衣服。晚间新闻。一天的最后时光。这个时候的世界最不给人以慰藉。外面暮色降临。一切都在慢慢靠近睡眠，或者无眠。年迈的阿根廷修女在长沙发上互相靠着打盹儿。她们面前摊着一份《号角报》。托盘和茶杯。杂志。地毯没有补好，但几把扶手椅往前挪了挪，盖住香烟烧出的洞。她怎么竟然没注意呢？不止一次，而是两次。太大意了。她说不定会把整座房子都烧掉呢。她甚至不记得把烟点着。

体内突然蹿起强烈的欲望。他们说这是最让人上瘾的一种毒品。她明天要去当地的药店。尼古丁贴片。口香糖。其实是毅力问题。

她喜欢这里，有这些年长的姐妹，不拘礼节，率真，使人感觉似乎她们的大部分工作已经做完，现在就该坐下来，看着时间慢慢展开，面对人间仍然难以摆脱的苦难而祈祷。

她注视着两个姐妹动了动，两人像被绳子捆在一起似的同时坐起来。

——我们可不可以看……看新闻吗？①

——好啊，好啊，为什么不呢？②

亚马孙丛林里美洲虎种类消失的报道。瓦尔帕莱索附近一次煤矿坍塌的事故。危地马拉竞选的消息。新闻的最后，有一则伦敦会议的短讯——谈话几乎没有进展，似乎是关于非法走私毒品、采矿权、未来哈瓦那和平谈判时间表——但没有出现或提到卡洛斯。

她应该上网查查，可是这么多年来，她都成功避开网络，将其置于不重要的位置，她甚至不知道自己会不会用：一想起这事就有点惶恐。

——太多的悲伤，③玛丽亚姐妹说着，从椅子里站起身。

---

①②③ 原文是西班牙语。

——晚安。①

贝弗利注视着两位年长的女人走上楼梯，互为影子，她们的羊毛开衫缠在一起。

她一直等着节目第二遍重播，以防万一。太荒唐了。就好像重播会改变内容，他还会出现，再一次改变模样似的。

难道他变身为一位和平人士？上帝，他把面颊递上去了吗？他来了个一百八十度转身？还有多少事情跟他以前的生活背道而驰？他现在是谁？一位身穿蓝衬衫的体面人？一个和平委员会的成员？是什么偶然的情况要到伦敦开会？他是怎么成功剥去了他的过往的？

只有一次，她看见了他近乎脆弱的一面。在博亚卡港附近的藏身处。窗户被封着，涂成黑色。唯一的亮光是从门缝底下透进来的。门外传来模糊的声音。远处的一台无线电。她拼命回忆古诗、祷文、圣诗，甚至回想印在纸上的文字。他解开她的锁链，给她端来一杯椰子汁。她不明白为什么。他走过坚硬的泥土地面。有点一瘸一拐。他穿着黑色的系带靴，迷彩裤塞进靴子里。一把出鞘的刀悬挂在皮带上。他在她面前跪下。他的眼睛是褐色的，眼睑松弛。他的脸没有刮过。霎时间，手电光惊到了她。她往后退缩。卡洛斯把一只手放在她脖子后面，用食指托起她的下巴，让她喝椰子汁：房子里没有冰箱，但椰子汁很清凉。她能感觉到那种清凉，整个童年时代的清凉，渗透她的全身。戈尔韦珊瑚海滩的雨。破院子里的白色网球。弟弟在鼓捣短波广播。密密麻麻的电线和各种声音。爸爸

① 原文是西班牙语。

的牛挤在小路上。教堂的破钟。小路上开始泛青的野草。高高的窗户。相对学校的椅子来说，窗户太高了。装在银色小罐里送来的牛奶。她不会哭喊或哀泣。这方面她总是不让他得到。卡洛斯靠墙坐下，看着她，他自己的嘴唇在颤抖。她以为椰子汁是某种虐待的前奏——拳头挥向耳朵，刀锋抵住喉咙，被用力推搡撞到墙上——但他只是喂她喝。他自己用同一只杯子喝完椰子汁，嘟囔一句，好像是道歉的话，然后离开，出门关上厚厚的钢门。一道微弱的亮光从门缝底下透进来。

她站起身准备上床睡觉，DVD 的钟显示凌晨两点。她拖着脚走过厨房的地板，伸手去关门外走廊的灯。那个烟灰缸还挂在那儿，铁皮罐在微风里很轻很轻地摇晃。

贝弗利打开纱门。烟灰缸没有清空。她把它侧过来。味道很臭。

她在坚硬的寒冷中走过门廊。星星出来了，像暗夜里的一颗颗钉子。几朵云在飘。黑暗衬托着树木的形状。她又用两个拇指抵住额头：这样的自轻自贱，不，我不可以。我必须忍住。

一阵令人惊心的静默。多年前，在圣路易斯，有一段时间她连出门都无法忍受：昆虫的声音直往她耳朵里钻。

她熟练地把手伸进罐子里，抚平一支扭曲的香烟上的皱痕，把它点燃。

草地上突然出现楼上一扇窗户投下的一方亮光，就像一幅画框被扔到地上。她猛吸三口，把烟抽完。

胃里一阵恶心，她微微摇晃，因懊悔而头晕目眩。

进屋后，她锁上门，头靠在门框上。上帝，难道等待我的就是这个？这就是我终结的地方？这就是你引领我来的地方？

楼梯顶上闪过一个身影。嘎吱声。无数的光点不停地排序又排序。她抓着栏杆，动身穿过黑暗的客厅。

安妮姐妹坐在楼梯中间，穿着睡衣和拖鞋。她宽阔苍白的额头上没有显出不满。嘴唇没有抿紧。也没有摇头。

——睡不着？

——只是有点烦躁。

贝弗利意识到刺鼻的烟味。她屏住呼吸，转身冲墙，从楼梯的镜子前挤过。她脸庞瘦削，如同幽灵，脖子上布满纹路。

——你知道，贝弗利，如果你需要聊聊，我随时都在。

——好的。

——在很大程度上，我们的祈祷决定我们的一切。

她从镜框里她的影子前迅速转身，停在楼梯顶上，被圣心雕塑的红光照着。

——说实在的，我在考虑出一趟门。

——你说什么？

——伦敦。我在考虑去一趟伦敦。

一阵恐慌袭来：这想法来得何其突然，毫无计划，她觉得仿佛受到了自己影子的侧击。

——为什么呢？

一个地窖，一个不透风的地方，一个井筒，一个毛毛虫在爬，地上一根链条，门缝底下透出一点点亮光。

——我有个弟弟在那儿。

——可是你刚来这里呀。医生不是说你需要休息吗？

歪曲，捏造，打破事实。难道我变成了自己一直排斥的说谎者？为什么不告诉安妮姐妹，说她只是受到刺激，突然失去了平衡？说她看见了很久以前认识的一个男人？说他又浮出了水面？说她必须弄清是否真的是他？说他自诩为一位和平人士？说他目前在伦敦？说她必须离开？说她现在只知道这些，只能猜出这些？

——他出什么事了吗？

——你说什么？

——你弟弟出什么事了吗？

——他病了。

为了挽救一个错误，她又犯下一个接一个的错误。她的脚在楼梯上微微移动。

她弟弟小时候患脊柱结核在床上躺了一年。他房间里到处都是晶体、线圈、电线：他自学组装无线电模型。他比她小六岁，她坐在床边陪他，聆听远处大西洋里船只的声音。多年后，她给他写信，每星期一封，直到他也离开——先去了都柏林，然后去了爱丁堡，最后漂到伦敦，给 BBC 写文学评论。他们沦为那种远距离的姐弟关系：一年一次的圣诞贺卡，偶尔打几个电话，参加父母的葬礼。越漂越远，直到她被绑架。当时他为她组织请愿。在国会下议院、哥伦比亚大使馆示威游行。后来，他想把她的经历拍成纪录片，但是她做不到。*他们用链条拴住你？他们用木板打你？他们把你锁在一间屋里？他们把食物装在金属盘里给你吃？*勇气被事实挫败。他允许她保持沉默。他们又退回以前的模式，每年通话一两次，倒不是因为冷漠或尴尬，而只是因为亲人似乎就是这样，像水一样慢慢渗漏。

——你是说他病了？

——是的。

——那么他也抽烟吗？

安妮姐妹的提问没有恶意，却刺痛了她。这么说，你在监视我？你拉开窗帘，让灯光洒在草坪上？你看见我把手伸进咖啡罐？你闻到烟味飘进你的房间？我难道又变成了人质？这么多年过去，难道这就是我的下场？长岛的一个房间，大陆的尽头，浪峰无声地撞击海岸？

——我会为他祈祷。

——你真好。

——你需要向你的上级请假。

——他们会和我一起祈祷，我相信。

——上帝会评估我们。真的。

——是的。

——你还有别的事要告诉我吗，贝弗利？

他用链条拴住我的脖子。他撕开我的乳房。他侵犯我。

——没有，她说，在忽明忽暗的红光中走过楼梯平台。她在门口停了停，靠在门框上，听见安妮姐妹的门咔嗒一响。

房子里安静下来，阴影短下去，遁入黑暗。

二

维多利亚车站。拥挤的面孔。马哈鱼般密集的游客。她的长裙擦着地面。她的箱子没有轱辘，而且把手坏了，不得不拽着走，费力，笨拙。她很想休息一会儿。坐下来，让两条腿松快松快。找个避难所。游客礼拜堂，或小咖啡馆里一个安静的角落。

一只鸽子扑啦啦地飞过一架钢琴，把她吓了一跳。那架钢琴似乎是个艺术项目，放在火车站里，谁都可以去弹。

鸽子盘旋着，落在琴盖上，顺着斜边往前走。

在一个小食摊上，贝弗利给自己买了个羊角面包和用纸杯盛着的一杯茶。从纸杯里喝茶真别扭，茶包上的小纸片挂下来。没有地方坐，她慢慢溜达到钢琴旁，坐在琴凳的边缘。

后腰一跳一跳地疼。这趟旅行很艰苦，在肯尼迪机场延误两小时，在希思罗机场遭遇跑道事故，在帕丁顿坐地铁弄错了方向——到了终点站她才被叫醒。

鸽子飞回来，啄她的脚。她注意到它胖得出奇，是一种仿佛没有颜色的颜色。想想多么奇怪，它竟然住在车站里，在房梁上做窝，一辈子没见过任何一种树。

她把脑袋贴在钢琴喷漆的边缘，片刻后，被一个脸色苍白的小男孩摇醒，男孩想要弹琴，他的妈妈站在一旁，略含歉意。一时间，她恍然不知自己身在何处，也不记得是怎么来到这里的。

——别忘了你的茶，夫人。

她拍了拍小男孩的头。对他的一种祝福。以前是这样，很久以前，我们可以画十字。一去不返了，那些日子。或许这样也好：如果她想给孩子祝福，谁知道那母亲会说什么呢？

外面，天光洒下来，坚硬，清冽，微微泛黄。茶已变得温吞，但她还是喝光了最后一口。看不见垃圾桶。她把纸杯捏扁，塞进羊毛开衫的口袋，然后推着箱子，朝出租车候车点走去。

她相信自己远远地听见了模糊的钢琴声：男孩的自信和灵敏超出他的年龄。

她挤上前去排队，拍拍羊毛开衫的口袋，翻翻护照，寻找弟弟的地址。一张票根，几张收据，没有别的。上帝，快帮帮我。我必须找到他的地址。就在维多利亚车站附近。我记得的。

她把箱子平放在地上，用拇指打开钢锁。三条连衣裙，一件外套，一双换穿的鞋子，一本托马斯·莫顿写的书，一本新教宗的传记。强烈的绝望袭上她的心头，恶心的感觉从腹部深处开始，上升，蔓延。

——你没事吧？

出租车司机的衬衫领口处露出文身，是某种蔓生的藤或荆棘。她盖上箱子，扣上锁，然后按住箱盖，不让自己向前摔倒，颤颤巍巍地站了起来。

他略感惊恐地抬头看着她。她比他高出整整一个头和肩膀。如果她摔下来，可能会把他也带倒。

——我丢了地址。我弟弟的。本来写下来的。是……我脑子不灵了。一阵阵犯迷糊。

——对不起，亲爱的，他说，这我可帮不了你。

她眼巴巴看着司机为另一位乘客打开车门。一根藤蔓。墨绿色。树丛里的电话线。无线电的声音。门上的一个小钢锁。逃跑。竹子很容易割断：一次是用磨尖了的衣架，一次是用一片波纹金属条。她从缝隙间挤出来，穿着橡胶底的鞋子悄悄往前走。她一直走到河边，可是下雨后河水暴涨，把她吓坏了：她扑通跪倒，颓然靠在一个树桩上，等待着。他们找到了她，从头到脚都是蚂蚁叮出的包。恢复过来后，她挨了打。他用兜帽蒙住她的头。黑暗层层叠叠把她包围。布料散发出烂水果的气味。她吐了，他把她憋在兜帽里几分钟。后来，她喃喃地念祷文。一段接一段的祷文。她的身体在痛。她在流血。经血渗透她的衣服。卡洛斯允许她清洗。那种可怕的尴尬。纵使她转过身，弓着背，遮挡住她的乳房、她的腹股沟，看到有阴影的地方就弯腰躲进去。有人在远处监视她。她不知道如果怀上孩子会怎么样。一次，她例假停了两个月。她吓得半死，还好后来又流血了。她没有被遗弃。她把自己洗干净。不管在哪里，都要潜心祷告。

贝弗利拖着脚离开出租车停靠点，回到火车站的遮篷下。脑子在跟她玩捉迷藏。她变得连自己也无法信赖。这些曲里拐弯，这些悄悄移位。远处仍传来钢琴声。也许是车站大喇叭里的音乐？伊恩住的那条街叫什么名字来着？我是怎么到这里来的？我在机场时还有他的地址。在火车上也有。在地铁里也有。也许不小心掉到地上了。

一时间，她希望回到休斯敦，和那些女孩在一起。凭空变出一个安全的地方。回到熟悉、亲切、轻松的环境里。和她们一起站在后门口。高挑姐妹。坐在后门台阶上，抽烟。和其他姐妹并排跪在地下室小礼拜堂里。或者，哪怕就在长岛简陋的修道院里。走在海滩上，注视着海鸥在晨曦中飞过。安妮姐妹。卡米尔姐妹。还有另一个姐妹，阿根廷的，她想不起她的名字了，叫什么来着？

在沃克斯豪尔桥路的红绿灯路口，她停住脚。脑海里灵光一现，她想起来了：约翰·艾斯利普街。

* * *

他有了小肚腩，眼睛肿着，像是有一阵没睡好觉了，但他依旧高大、体面、满头银发，是那种傍晚独自在家也坚持打领带的男人。

——贝弗，他说。

她小时候的名字。这使她想起奥特拉河上的石桥，桥下的河水又急又浅，有浅浅的细纹。

——你怎么跑到这儿来了？

他立刻伸手来拿她的箱子。她在公寓套房的悬崖上站立片刻。河水湍急地西流。夏天是红铜色。钓鱼的渔夫，站在河道拐弯处的歪脖子大橡树那儿。上面是低矮的红色天空。

他扶住她的胳膊，领她朝客厅走去。几面墙上都是书，显得很古雅：小说，影集，提前试读本，诗歌。地板上也到处堆着书。

他把笨重的褐色长沙发上的五六本书扫到一边。书落在地毯上，与它们的同伴为伍。

——碰撞，她说。

伊恩握住她的手。他的手指冰凉。他现在用什么填满日子？他因什么而踌躇？除了书，还有什么霸占着他的思想？即使在很小的时候，他就不太相信上帝，不相信贫困、纯洁、虔诚的理念。最近几年，他在电话里责骂天主教。弊端。丑闻。玛德莲洗衣店[①]。虚伪的官僚主义泥沼。他说，买者在无知中购得生命。她知道那些缺陷，可怕的耻辱，明目张胆的贪婪。她不需要反驳，为其辩护。她对教会也有过怀疑——也许比她弟弟知道的更深的怀疑。不是在丛林里的时候，而是后来，在圣路易斯医院清爽的被褥里，她承认了恐惧，似乎恐惧被设定了延迟。她自己曾有过什么欲望？上帝塞给她一面什么镜子？那些日子里，谴责排山倒海向她袭来，她几乎无力招架。她告诉自己那是她的过错：她的身体，她的思想，她的失败。她引诱了他。她自找的。她活该。日子保留了它们的亮光。她的心灵是一粒空瘪的种子。绝望弥漫在黑暗的壳里。

——你还好吧？出什么事了？贝弗？你刚才说了碰撞。

——是吗？

——我去沏茶。我给你端一杯茶来。

——太好了。

茶杯咔嗒响。他从拐角处探出头。

——我马上就来，他说，你别睡着了。

---

① 罗马天主教会上世纪在爱尔兰营运多间玛德莲洗衣店，将犯事、未婚生子的少女送进洗衣店工作，协助她们康复，少女们称在店内被奴役甚至性侵，恍如置身地狱。

接着，她听见茶壶刺耳的哨音和冰箱门的一声轻叹。

一个书架上，放着他们父母的一张照片，他们坐在一辆老爷车的前保险杠上，车子有很大的白车灯，弧形的面板，气喇叭。一个不可能的时代。他们在距她很远的地方，不在记忆中，更多是在照片里。在公寓深处的什么地方，她听见某人的话音，接着突然响起古典音乐。收音机里的钢琴曲。

伊恩走进房间，小心地把托盘放在桌上。两个瓷茶杯，一盘饼干，一个带保温罩的茶壶。他仍是一个老派的男人。很久以前，他结过一次婚，娶了个苏格兰女人，但两人没有孩子。那女人短头发，戴眼镜。一位语言心理学家。他们离婚了。伊恩起初不敢告诉贝弗利。那女人叫什么名字来着？这些词总是偷偷跑掉，就像空气从她肺里慢慢溜走。

他用一个小金属过滤器倒茶，然后举起牛奶壶，似乎不仅在权衡她的口味，还在评估她的举止。

——我觉得我现在很健忘，伊恩。

——哦，上帝，不会吧。

——不是阿尔茨海默症，不是那个。

她把茶杯举到唇边，停住了：准确地说，不是健忘。我也不知道该怎么说。应该说是一种记忆复苏。

——你究竟想说什么？

——知道吗，他回来了。

——谁回来了，贝弗？

随着她的讲述，她弟弟的脸如同幕布拉开：在休斯敦心力交瘁，迁至长岛，电视上那人再次露面，困惑，怀疑，深夜在楼梯上与安妮姐妹谈话，在海滩漫步时卡洛斯的脸不断闪现，他如今成了一个和平人士，这令她惊慌，令她无法释怀，她必须过来看到他，她必须看看这是不是真的，一直以来都致力于摧毁和平的人是否可能找到和平，一个人怎么可能改变得这么彻底，他内在的变化是在哪里发生的，她正在寻找的那个词是什么，和解？

——目前他在参加某个和平会议？

——是的，一个机构。

——你想见到他？

——我甚至不敢确定那是不是他。

伊恩的眼睛里快速闪过一道光：绿眼睛，跟她自己的一样。所以，是一个兄弟。也许是这么回事？也许卡洛斯有个兄弟？一个表兄弟？她从来都没想到过这点。甚至是孪生兄弟。紧张感钳住她的喉咙。如果她犯了个最简单的错误，那只是个长相酷似的人呢？相貌完全一样，本质却截然相反？

伊恩从盘子里拿起一块饼干，轻轻咬下去，让它在舌尖融化。

——今天是星期几？

——星期天，没错。

她不由得发出刺耳的喘息声：哦，我错过了弥撒。有生以来第一次。我错过了弥撒，伊恩。真不敢相信我错过了弥撒。

——你在旅行。

——我很疲倦，伊恩。非常、非常疲倦。

她把托盘举到茶杯下，稳住自己颤抖的双手。

——我相信会有某种特许，对吗？是不是有一个天主教的词？

他用脚趾拨拉他的书，似乎能在地板上散乱的书中找到那个词。

——豁免，他说，打了个响指。对吗？豁免？

她在他的床上醒来：以前她从未睡过双人床。赎罪，是的。她没脱衣服，蹒跚地走到窗口，分开百叶窗，看着黄色的路灯。地上一片湿亮。人行道上跳动着几块光斑。她听见笑声，两个年轻姑娘挽着胳膊踉跄走过下面的街道。一辆黑色的出租汽车在雨中慢慢找活儿。星期一的早晨。大赦。

在走廊里，她听见电脑打印机的嗡嗡声。客厅的门缝透出一点灯光。她从门缝看见一点蓝光照着伊恩，他正在埋头工作，周围散放着一些书。

她回到自己的房间，跪在窗边做晨祷。为了那些困惑的人的需要。为了那些没有希望的人的需要。为了那些没有人为他们祷告的人的需要。

天还没有放亮，她听见了餐具的碰撞和水壶的哨声。他睡眼惺忪地坐在早餐桌旁。

——这是给你的，他说，把一个文件夹从塑料贴面的桌上推过来。

她摸索着文件夹锋利的边缘，然后翻开第一页。伊恩把他在网上能找到的资料都打印了出来。三张卡洛斯的照片：一张头部特写，一张跟政府部长在一起，还有一张是在和平研究机构外面拍摄的。

——他叫欧克利德斯·拉尔戈。我是说，他自称叫这个名字。

——欧克利德斯。

——五十九岁。为一个小型左翼政党工作。

——这不可能。

——我研究了一夜。他们似乎在农村得到许多支持。他们是左翼。

——但他是右翼。我是说……

——想想吧。

——他们信天主教吗，他那个党？

——好像不信——我不知道，但我认为不信。谁知道呢？对不起，贝弗。我只能看出，他这些年晋升得很快。

她的脊椎底部一阵酸痛。

——他从政前是一名律师。主要业务是煤矿。他代表那些矿工。铜矿床，合作采矿，诸如此类。他在经济的基础上提出他的和平主张。

她把文件夹拉近一点，用手指拂过他的照片边沿。她突然强烈地想抽烟：已经许多天没有这种欲望了。

想抽烟，想咳嗽，想燃烧，想消失。

——是他。

——你确定？

她想到支撑她信念的只是一个错觉，是对信仰能力的一种考验，她感到被刺痛了。

——百分之百确定，她说。

——你可以去报社。

——然后呢？

——我可以给我在电台的几个朋友打电话。大使馆。你应该给大使馆打电话。

——说什么。

——他强奸了你，贝弗。

——三十七年前。

一片梯形的晨光投在厨房地板上。她听见街道远处传来一声喊叫，爆发一阵大笑，然后一个酒瓶摔碎在人行道上：这么早，这么晚。

伊恩起身走到厨房窗口，撩开窗帘，看着下面的街道。

——街头混混，他说。

他在窗帘旁等待，把窗帘一开一合，似乎在向下面的街道发送摩尔斯密码。

——你现在不抽烟了吧？她问。

他拖着脚走进客厅，片刻后回来，手里拿着一个蓝色小包的烟草和卷烟纸。他摆弄着卷烟纸，把边缘舔湿，粘牢，把卷好的烟递给她，从厨房的抽屉里拿出一盒火柴。硫磺的气味使她猛然惊醒。

* * *

这是一套四层的联排别墅，前面是铁艺栅栏，位于河的东侧。研究院的墙似乎刚粉刷过，白得毫无瑕疵。窗台上的花盆里开着红花，绣球花。墙上挂着一个大铜牌。她本以为会更气派，更令人意外。外面没有聚集人群。没有举着标语牌的母亲。没有摄像机，也没有等候的加长轿车。

天上下着牛毛细雨。她站在马路牙上，抬头看见正面窗户里一盏灯的黑色轮廓。房间里模糊的身影来回穿梭。她突然觉得这更像一个安静的地方，而不是和平的地方。她没能阻止自己就走到了门前。她的手放在对讲机的按钮上。蜂鸣器在响。她抬头扫了一眼监控摄像头。一阵沉默，然后蜂鸣器又响。响的时间更长，更执着，甚至透着不耐烦。

——需要帮忙吗？

是什么样的虚荣把我带到这里，什么样的自负？她看见窗户里有个人影，有人往外望她。

——对不起，她冲着对讲机说。

她把脸埋进潮湿的头巾里，走下台阶，迅速离去，一个上了年纪的女人，每块肌肉都坠着代价。

街角有一家三明治店，她停住脚步。店外的报架上有报纸。其中有一份爱尔兰报纸：她已经多年没有看到爱尔兰报纸了。她走进店门时，摄像头的红光一闪。她买了那份报纸和一杯咖啡，在柜台边坐下看报。

她远远地注视着研究院的前面，悄然无声的人来人往，那些人影的形状。

时间慢慢过去。店里很安静。她浏览着报纸，连体育版也没放过，但究竟读了什么，却一个字也想不起来。

黄昏时，她在威斯敏斯特教堂停了停。牧师听口音还很年轻。非洲人。刻板。正确。恪守规矩。即使在黑暗中，她也能猜出他衬衫的领口是硬挺的。她说，她未能以最普通的方式选择原谅。她对其他人隐瞒了自己的去向。她辜负了神的恩典。她在怠惰中虚度光阴。她没有寻找她在伦敦的教友姐妹，也没有从教会大家庭中寻找慰藉。她玩忽职守，错过了弥撒、祷告、圣礼。现在她不能确定自己是否在侍奉耶和华。

最后她想，这是最浅薄的告解：全是事实，毫无诚意。

忏悔过后，她顺着泰晤士河，在城市里慢慢溜达。河水迅速流淌，波浪翻滚，却没有声音。

在伊恩的公寓里，她搬出他的房间，把双人床让给他。她拿了条毯子到长沙发上。她睡在书的包围中。

接连三天，贝弗利重复着这个仪式，站在研究院外面，等待，观察，拖着脚走开，头巾裹得紧紧的。在三明治店里，她坐在柜台边一张圆转凳上，从这里能透过窗户看到整条街。上午总是熙来攘往。黑色轿车。人影匆匆走上台阶。里面的电灯打开又关闭。吃午饭的时间也是这样，男男女女从台阶上走下来。从远处看，他们每个人都可能是他。傍晚，暮色降临，就更难分辨了，街道上闪着雨光，路灯带走了那些人影。

她觉得似乎能在这里坐过一年四季：坐看街道上叶生叶落。

几十年前，在波哥大，有一次她等一辆巴士送她回村庄。她在车站待了两天半。柴油机烟气。刺耳的刹车。她坐在一张木板凳上，攥着自己的车票。她没吃东西，只带着一小瓶水。她读经文。使徒彼得。被困在同一个地方。马默丁监狱。

第五天，她看见了他。

天色已近黄昏。她坐在小店的角落，双手捂着冰冷的咖啡杯。报纸摊在她面前。外国的大标题。店里很安静，被角落里几个高高的摄像头监控着。

她刚要喝完咖啡，返回伊恩的公寓，店门口的铃铛突然响了。

一阵寒风。隐约的咳嗽声。她探身向前抓住柜台。他与她擦身而过。她过了片刻才意识到是他。脑后的头发梳得一丝不苟。西装有点皱，但很时尚。鞋跟发出一种咔嗒声。他从冰箱里拿出一瓶冷咖啡。他胳膊底下夹着一份西班牙语报纸。她为什么没看见他走在街上？他是从哪儿冒出来的？她相信他对巴基斯坦店老板说了句什么：却没听真切。他把一枚硬币丢进收银机旁的小托盘里。

她脱下黑色的开襟毛衣，叠在膝头，在椅子里转过身，把双手放在裙子形成的洼坑里，通过玻璃窗里的影子注视他，他整个人都是反的，左右颠倒。

他经过时，身上散发出须后水的气味。看到他就够了吗？就在这里？我应该允许自己，在顺服的信念中，被上帝的爱所用。让自己成为一个虔诚的缺席者。

她伸手去拉他上衣的前幅。衣摆，在靠近他臀部的地方。感觉面料昂贵得吓人。

他转过身。她全身涌过一股热流。胳膊上的汗毛竖了起来。无尽的世界。他面颊上的痣。他微斜的眼睛。

——欧克利德斯·拉尔戈？

——是我，怎么？

她立刻看出，他已经成为那种乐意被人认出的那种人。他的肤色变浅了，似乎他已进入室内，对另一种生活拉上了窗帘。他扬起一根眉毛，伸出一只政客的手。她没有握那只手，而是抓住了羊毛开衫。没有任何语言。此时此刻，去祝福他，原谅他，让他走自己的路？

——你在那个研究院？

——是的。

——我在电视上看见你了。西班牙语。在纽约。

——那是个美妙的城市。

他在门口踌躇，扫了一眼外面，接着又转过身：那么你是？……

——我只是……一个感兴趣的观察者。

他往后一靠，似乎想看清楚她。

——新闻记者？

——我已经太老，对新闻不再感兴趣。我只是从远处观察，拉尔戈先生。

——但是你会说西班牙语。

——只会说一点点。

他撕去饮料盖上的塑料标签，用瓶底轻轻敲着手掌根。她突然注意到他手指上没戴戒指。没有结婚，那就没有孩子。

他把咖啡举到嘴边时，她感到胸口发紧。她发出轻微的声音：被囚禁、被深藏的声音。他点点头，似乎想要离开，但是她在凳子上探出身。上帝，我是不是应该直接给出我的宽恕？我是不是要与罪恶和解？难道这就是对我的期望？经过了这么多年，难道这就是你的要求？Apokatastasis panton. 一切事物的复原。那么，我将复原成什么？没有至理名言吗？那就是我要学习的？到最后什么也没有？

她注意到，外面开始下雨了，雨点持续地打在窗户上。

她缓缓说话，词语冒出来，一个个声音的小石子：电视上说你们在起草一份协议？

——是的。

——你们的业务涉及那些矿工？

——以及他们的家人，是的[①]。我们困难重重，但是，怎么说呢，还是在进步，一点点地进步。我们会有一个声明……

——一步步来[②]。

——所以，你会说西班牙语？

——刚想起来的。你的英语呢？现在说得很好。

——你说什么？

——你的英语现在说得很好，卡洛斯。

她站起来。她比他整整高一头。她仍然没有跟他握手。

——你说什么？

——说得很好，卡洛斯，你的英语。

——我是欧克利德斯，他说。拉尔戈。

——我是贝弗利·克拉克姐妹，她说。

他扭头扫了一眼等在外面的一辆车，尾气管里喷出一小股扇形的烟，雨点在车顶上弹跳。两个小男孩走进店里：他们摘下兜帽时，她觉得其中一个酷似在维多利亚车站弹钢琴的男孩。

——你成了一位和平人士，卡洛斯。

——我不明白……请原谅……我认为你可能是弄错……

——我不这么认为。

——请务必原谅我。有车在等我呢。

她突然想到，此时此刻，是多么平常，同时又多么超常，街角的小店，雨，伦敦的一条小街，她的强奸犯，三十七年

①② 原文是西班牙语。

前，远处的钢琴声，一只鸽子扑啦啦飞过火车站，她的弟弟，地板上的书，碰撞，戈尔韦那条古老的河，她就在那里决定加入教会，当时她那么年轻，天光甚至照亮了桥的下面，在古铜色的欧文利夫河上跳动。

——我不是来伤害你的，卡洛斯。你有更重要的事情要做。我不是来破坏你正在做的事情。

——你刚才说你叫什么名字？

——贝弗利·克拉克姐妹。

——好的，贝弗利·克拉克姐妹，很高兴认识你，但我认为你把我错当成……

——我想知道你的成就是怎么来的。

——恐怕你是在浪费时间。

——你是在哪儿找到的，卡洛斯？那份风度？

——很高兴见到你①。放开我。我的衣服。你抓着我的衣服呢。

贝弗利意外地感觉到她的手指在拉扯，感觉到她确实把他拉近了些，感觉到他呼吸里有淡淡的咖啡味，感觉到她在空间架起桥梁，抓了他一个措手不及。

她放开他，听见收银机的叮叮声和摸索找钱的声音，两个男孩离开小店时其中一个发出笑声。

——你认出我了吗？

——当然没有……②

她摸到自己衬衫最顶上的纽扣，把它解开。他后退一步，

①② 原文是西班牙语。

努力让脸上表情保持镇静。

——你确定吗，卡洛斯?

——别叫我卡洛斯。①

——我很想知道这对你意味着什么。当你坐在那里，侃侃而谈和平的时候?

第二个纽扣，项链绕在指间。店老板没有动，黧黑的双手摊开放在柜台上。

——我很愿意在我的办公室跟你谈，贝……

——贝弗利姐妹。

——你可以找我的秘书安排。

——你干得不错，卡洛斯。

——别说了。

——我不会破坏那个的。

他朝她探过身：我不知道你是什么魔鬼。②

她解开衬衫的第三个纽扣，她的皮肤摸上去冰凉。他紧张起来，转向店老板，又扭头扫了一眼贝弗利。

——你不能这么做。③

——愈合了，看见吗?

——放开我。④

没有尴尬。没有耻辱。她对这件事的庸常感到意外，在她看来这么赤裸，这么普通，她手中被毁容的乳房。

——你想要对我做什么？⑤

——没什么。

---

①②③④⑤ 原文是西班牙语。

——告诉我你想要什么。

——没什么，卡洛斯。没什么。我只想让你知道我在这里，我还存在，仅此而已。

他紧张地朝门口退去。他离开时脚步有点趔趄。他去抓门把手。门在他身后慢慢关上。

她透过窗户注视着卡洛斯猛地拉开一辆车的后门。这一刻带有某种灵异。一个对自身免疫的男人。在她看来，他似乎正跨入一口他自己孤独的沉井。他砰地关上车门。茶色的车窗关上了。

她开始把衬衫重新扣上。

卡洛斯从后座上往外望。他张开一只手做手势，车子往前一冲，一小团尾气消散在空气中。

车子开出五码又停住了，车门打开。他的西装上衣在风中飘摆。他跨过马路牙，双手举过头顶，似乎想把雨止住。

小店的铃铛又响了。他的鞋尖湿了，在滴水。他站住，脸红红的，脖子上的血管发亮。眼睛里有某种不断变化和激奋的东西。

他抬头看着小店的天花板，转身背朝摄像头。这么说，他不愿意被看见。他走进这片荒野已多少年了？

他探身向前，额头发亮，不知是汗水还是雨水。他凑近她停了片刻，呼吸在她的耳朵里那么尖利。

——婊子①，他小声说。

这个词立刻变得温顺而无用。它从她身上擦过，消散，

① 原文是西班牙语。

翻滚，甚至坠落时也有一份优雅。

贝弗利转过身，走向柜台，茶，她那份报纸。她的手指没有紧张。她的双手没有颤抖。她扣上衬衫的最后一粒纽扣。

现在，她完全清楚他变成了什么样的人。和平跟他毫不相干。他的生活没有大的转弯。他已经粉饰了他所有的谎言。

现在，她随便做什么都可以：安排一次会议，让他在报纸上曝光，让他遭受谴责，让别人知道，进行正义的复仇。然而她知道，她只会坐在柜台边，慢慢喝她的茶，听任时间一分一秒过去，折起报纸，起身，离开小店，拖着脚沿泰晤士河往前走，返回她弟弟的公寓，和他一起坐着，聊天，让夜晚渐渐消逝，之后她会滑进温暖的浴缸，起身，毛巾，看一眼镜子，又移开目光，穿衣，在椅子里而不是在床上睡觉，听着夜敲打窗玻璃，然后起身，离开，返回休斯敦，越过大西洋的长途飞行，一种回归，走上台阶，那些年轻女孩，那个爱与死亡的小面包房。

她身后一片沉默，然后她听见店门关上，车门，引擎的声音，卡洛斯离开了。

贝弗利用手指拂过托盘的边缘，折起报纸，抚平皱褶，走向收银机。一排排香烟、彩票、糖果。她把折起的报纸从柜台上推过去。她现在要把报纸留给店老板，让他再卖出去，为什么不呢：它对她已经没有用了。

她返回自己的座位，系好头巾，抱起大衣。

店老板仍然一动不动，双手摊得很开。她注意到，收音机旁有一本《古兰经》，被翻得很旧。在他身后的黑白电视屏幕上，她看见小店的前门，食物货架，他后脑勺的一小块秃斑。

他似乎是个身上很容易出现淤青和伤疤的人。额头中间有一道深色的印记。祈祷纹。她感到自己在发抖。她步入了他的世界，表现出自己的不庄重。

——打扰一下，先生。

——夫人，请讲。

——很抱歉，她说。

——我什么也没看见，夫人。我向你保证。我什么也没看见。

她喜欢他谎言张口就来。她抬头看一眼天花板的摄像头。

——那些磁带呢？

——怎么？

——不知你能不能把它们给我？

——你说什么？

——我不希望别人看到它们。

他似乎思忖了片刻，权衡利弊。他伸出手，拍拍柜台上的那份报纸，以强烈的热忱朝她点点头。

——恐怕不行。是录在磁盘上的。实际上没有磁带。我不能把它们给你。

他用手摸摸胸口，他的衬衫口袋里插着一排钢笔。

——但是不会有人看到它们，我向你保证。

贝弗利把羊毛开衫裹在肩头，穿上大衣，在立体屏幕里看见了自己，两三个影像，站在店里，从前，从后，被困在光与黑暗的合唱中。

她在小店里走过，停了片刻，窥视窗户里店老板的影子。

收银机旁，他头顶上闪烁的摄像头红光永恒不变，近乎神圣。

——谢谢，她说，没有转身。

她意识到，这是她跟一个连名字都不知道的男人达成的信任协议。

她伸手去抓门把手，竖起大衣的领子抵挡严寒，出门走到街道上，走到肆意泼洒的大雨中。

作者说明

本书收录的故事主要完成于二〇一四年六月二十七日发生在康涅狄格州纽黑文的一次事故前后，我被人从背后袭击，失去了意识，并因此住院，当时我试图解救街上一位遭到袭击的女人。

部分内容写于上述袭击之前，部分内容写于上述袭击之后（比方说，《十三种观看方式》中的袭击情节，很早便构思成型，而《协议》中贝弗利认出袭击者的情节写于我遭遇袭击之后）。

有时候我觉得我们在提前书写我们的生活，同时我又觉得我们只能回望过去。虽然归根结底，我们写下的每一个词语都与书写自传相关，或许格外特别之处便在于，我们试图避免书写自传时亦是如此。

文学所能营造的每一个想象的瞬间，都是通过难以想象的方式完成。

本书收录的故事已经可以传达各自的声音，如果想了解更多它们的缘起，包括我亲历的那次袭击事件的受害者陈述，请访问我的个人网站：colummccann.com。